Narrativa del Acantilado, 10
NOVELA DE AJEDREZ

STEFAN ZWEIG

NOVELA DE AJEDREZ

TRADUCCIÓN DEL ALEMÁN
DE MANUEL LOBO

BARCELONA 2001 ACANTILADO

TÍTULO ORIGINAL *Schachnovelle*

Publicado por
ACANTILADO
Quaderns Crema, S. A.

Muntaner, 462 - 08006 Barcelona
Tel. 934 144 906
correo@acantilado.es
www.acantilado.es

© de la traducción, 1994 by Manuel Lobo Serra
© de esta edición, 2000 by Quaderns Crema, S. A.

Derechos exclusivos de esta traducción:
Quaderns Crema, S. A.

ISBN: 978-84-95359-45-2
DEPÓSITO LEGAL: B. 36 627-2011

AIGUADEVIDRE *Gráfica*
QUADERNS CREMA *Composición*
ROMANYÀ-VALLS *Impresión y encuadernación*

VIGÉSIMA REIMPRESIÓN *septiembre de 2023*
PRIMERA EDICIÓN *mayo de 2000*

A bordo del transatlántico que tenía que zarpar a medianoche de Nueva York rumbo a Buenos Aires reinaban la animación y el ajetreo propios del último momento. Los acompañantes que habían subido escoltaban entre apretujones a sus amigos; los repartidores de telegramas, con sus gorras ladeadas, recorrían los salones voceando nombres; al trajín de flores y maletas se añadía el de los niños que subían y bajaban por las escalerillas curioseando, mientras la orquesta amenizaba imperturbable el show en cubierta. Yo estaba conversando con un amigo en la cubierta de paseo, un poco al abrigo de todo aquel jaleo, cuando a nuestro lado relumbraron dos o tres veces los destellos de un flash: al parecer, los reporteros habían aprovechado los últimos instantes previos a la partida para entrevistar y fotografiar a algún personaje importante. Mi amigo echó una ojeada y sonrió:

—Tienen ustedes a bordo a un personaje bien curioso: Czentovic. —Y como debió de deducir por mi expresión que no sabía de qué me estaba hablando, añadió—: Mirko Czentovic, el campeón del mundo de ajedrez. Ha recorrido de punta a punta los Estados Unidos, participando en todos los torneos, y ahora se dirige a la Argentina en busca de nuevos triunfos.

Entonces me acordé efectivamente de aquel joven campeón del mundo e incluso de algunos pormenores de su meteórica carrera; mi amigo, lector de periódicos mucho más asiduo que yo, no dejó de completarlos con toda una serie de anécdotas. Desde hacía aproximadamente un año, Czentovic había llegado a alcanzar el nivel de las figuras más consagradas del arte del ajedrez, como Allekhin, Capablanca, Tartakover, Lasker o Bogollubov. Desde la presentación del niño prodigio de siete años Rzecevski en el torneo de Nueva York de 1922, nunca la irrupción de una figura hasta entonces desconocida había acaparado hasta tal punto la atención general entre los miembros de la gloriosa congregación. Porque las dotes intelectuales de Czentovic no parecía, en un principio, que hubieran de propiciar una carrera tan brillante. Pronto trascendió que nuestro campeón era incapaz en su vida privada de escribir una frase en el idioma que fuese sin faltas de ortografía, y que, tal como afirmaba con sarcasmo y despecho uno de sus colegas, «su incultura era igualmente universal en todas las materias».

Hijo de un miserable barquero eslavo del Danubio que se había hundido con su diminuta embarcación arrollado por un vapor de transporte de cereales, el muchacho, que tenía entonces doce años, fue

6

recogido por compasión por el párroco de aquel apartado lugar; el buen hombre hacía cuanto estaba en su mano para que el chico, perezoso, silencioso y apático, repasara en casa todo lo que no había sido capaz de aprender en la escuela del pueblo.

Pero todos estos esfuerzos fueron en balde. Mirko contemplaba extrañado todos aquellos signos escritos que ya le habían explicado una y cien veces, pues a su cerebro tardo le faltaba la capacidad de retener hasta los conceptos más elementales. A los catorce años tenía que contar todavía con los dedos, y leer un libro o un diario le costaba al jovencito un esfuerzo considerable. Y no se puede decir que fuera desaplicado ni rebelde. Cumplía obediente con todo lo que le mandaban, iba a por agua, cortaba leña, ayudaba en las faenas del campo, limpiaba la cocina y se encargaba puntualmente de realizar cualquier labor que se le encomendase, aunque, eso sí, con una parsimonia irritante. Lo que más exasperaba sin embargo a nuestro buen cura era la absoluta falta de iniciativa del muchacho. No hacía nada que no se le ordenara de manera explícita, nunca preguntaba nada, no jugaba con otros chicos ni se ocupaba nunca espontáneamente de nada si no era por indicación expresa. Apenas había acabado con los quehaceres de la casa, se quedaba sentado en cualquier rincón de su habitación, impasible y con una mirada vacía como de oveja paciendo, sin participar en lo más mínimo en lo que ocurría a su alrededor.

Por la noche, mientras el cura, fumando con fruición su larga pipa, jugaba sus tres partidas de ajedrez habituales con el brigada de la gendarmería, el rubio muchacho permanecía sentado a su lado sin decir palabra, somnoliento y al parecer indiferente, mirando fijamente bajo sus pesados párpados el tablero cuadriculado del ajedrez.

Una noche de invierno, mientras los dos contrincantes se hallaban inmersos en su partida cotidiana, se empezó a oír el tintineo cada vez más cercano de las campanillas de un trineo que venía por la calle del pueblo. Un labriego con la gorra espolvoreada de nieve entró en la habitación a grandes zancadas. Que su madre estaba agonizando, que si el señor cura quería hacer el favor de darse prisa para que pudiesen llegar a tiempo de administrarle la extremaunción. El sacerdote le siguió sin vacilar. El brigada, que todavía no se había acabado su jarra de cerveza, se encendió una pipa de despedida, y se disponía ya a calzarse las pesadas botas cuando reclamó su interés la imperturbable atención con que Mirko seguía mirando la partida inacabada.

—¿Qué, quieres terminarla?—le dijo bromeando, plenamente convencido de que aquel jovenzuelo somnoliento no sería capaz de mover correctamente ni una sola pieza.

El muchacho le miró con timidez, asintió con la cabeza y se sentó en el lugar del cura. Al cabo de catorce jugadas ya había derrotado al brigada, quien tuvo que admitir además que su derrota no se debía en absoluto a ningún movimiento erróneo que hubiera podido cometer por distracción. La segunda partida no acabó de otro modo.

—¡La burra de Balaam!—exclamó sorprendido el cura a su regreso, no sin explicar al brigada, menos versado en temas bíblicos, que ya dos mil años atrás se había producido idéntica maravilla, cuando una muda criatura había hallado repentinamente la voz de la sabiduría. A pesar de lo avanzado de la hora, el cura no pudo resistirse a desafiar a su semianalfabeto pupilo a una partida. Mirko le ganó también con facilidad. Tenía un juego tenaz, lento, imperturbable. No levantaba ni una sola vez su ancha frente inclinada sobre el tablero, pero jugaba con una seguridad abrumadora. Ni el brigada ni el cura consiguieron ganarle una sola partida en los días siguientes. El sacerdote, más calificado que ninguno para juzgar el retraso de su protegido en todos los demás aspectos, se sintió entonces aguijoneado por la curiosidad de saber hasta qué punto aquel talento singular y exclusivo podría resistir una prueba más rigurosa. Después de llevar a Mirko al barbero del pueblo para que le cortara sus desgreñados cabellos color de paja y lo dejara mínimamente presentable, se lo llevó en el trineo a la pequeña ciudad vecina, en la que conocía un rincón, en el café de la plaza mayor, donde se reunía un grupo de empedernidos jugadores de ajedrez que, por experiencia, sabía que jugaban mejor que él. No fue poca la sorpresa de los contertulios cuando el cura irrumpió en el café empujando a aquel mozo quinceañero de mejillas sonrosadas y cabellos pajizos, enfundado en una zamarra de piel vuelta de cordero y calzado con pesadas botas altas. El muchacho, sintiéndose extraño, se quedó en un rincón mirando tímidamente al suelo hasta que alguien le hizo señas desde una de las mesas de juego. Mirko perdió la primera partida, pues en casa del bueno del cura nunca había visto la llamada «apertura siciliana». En la segunda ya consiguió hacer tablas con el mejor jugador del grupo. A partir de la tercera y cuarta partida, los fue venciendo a todos, uno tras otro.

Y como en una pequeña ciudad sudeslava de provincias muy raramente ocurren cosas excitantes, aquella primera aparición de nuestro rústico campeón no podía dejar de causar sensación entre los notables de la ciudad, allí congregados. Se decidió por unanimidad que el niño prodigio se quedara sin falta en la ciudad por lo menos hasta el día siguiente, a fin de que se pudiera convocar a los demás integrantes del club de ajedrez y, sobre todo, para poder llevar el aviso al castillo del anciano conde Simczic, un fanático del ajedrez. El cura, que aunque orgulloso ahora por primera vez de su pupilo no quería que el entusiasmo de su descubrimiento le llevara a descuidar sus obligadas celebraciones dominicales, se declaró dispuesto a dejar a Mirko en la ciudad para una segunda prueba. El joven Czentovic fue alojado en el hotel por cuenta del círculo ajedrecista y aquella noche vio por primera vez en su vida un *water-closet*. El domingo por la tarde el rincón del ajedrez estaba abarrotado. Mirko, sentado durante cuatro horas, inmóvil, frente al tablero, fue venciendo uno tras otro a todos los jugadores sin alzar la vista ni decir palabra. Finalmente, alguien propuso una partida simultánea. Necesitaron algún tiempo para meterle en la cabeza que en una partida simultánea tenía que enfrentarse él solo a varios contrincantes. Pero en cuanto Mirko llegó a hacerse cargo de aquella modalidad de juego, se acomodó enseguida a la nueva tarea y fue pasando con lentitud de una mesa a otra, arrastrando ruidosamente sus pesadas botas, hasta ganar por fin siete de las ocho partidas.

Comenzaron entonces las grandes deliberaciones. Aun cuando, en sentido estricto, el nuevo campeón no era hijo de la ciudad, el orgullo local se había inflamado vivamente. Tal vez la pequeña ciudad, cuya presencia en el mapa apenas había advertido nadie hasta entonces, podría alcanzar ahora la gloria de haber ofrecido al mundo a un personaje famoso. Un agente artístico llamado Koller, que de ordinario se ocupaba de proveer de cantantes y cupletistas al cabaret de la guarnición, se declaró dispuesto, a condición de que le pagaran los gastos de un año, a llevar al joven a Viena, donde sería instruido metódicamente en el arte del ajedrez por un excelente maestro, campeón de segunda fila, que él conocía. El conde Simczic, que en sesenta años de jugar diariamente al ajedrez no se había enfrentado nunca con un contrincante tan notable, firmó el cheque inmediatamente. Aquel día marcó el inicio de la extraordinaria carrera del hijo del barquero.

Al cabo de medio año Mirko dominaba todos los secretos de la técnica del ajedrez, si bien es cierto que con una curiosa limitación, que más tarde sería objeto de numerosos comentarios y burlas por parte de los entendidos: Czentovic nunca fue capaz de jugar una sola partida de memoria o, como se suele decir en ajedrez, «a ciegas». Carecía por completo de la facultad de proyectar el tablero sobre el campo ilimitado de la fantasía. Había de tener siempre al alcance de la mano la cuadrícula blanca y negra con sus sesenta y cuatro escaques y sus treinta y dos piezas; incluso cuando ya era famoso en todo el mundo, llevaba siempre consigo un pequeño ajedrez plegable de bolsillo, para poder tener a la vista la posición de las piezas cuando quería reconstruir una partida del campeonato o resolver él solo algún problema. Este defecto, de por sí insignificante, revelaba no obstante una falta de imaginación que los del gremio criticaban tan acerbamente como si entre los músicos un eximio virtuoso o director de orquesta se hubiese mostrado incapaz de interpretar o dirigir una obra sin tener ante sus ojos la correspondiente partitura. De todas maneras, esta curiosa peculiaridad no supuso impedimento alguno para su asombrosa carrera. A los diecisiete años había ganado ya una docena de premios de ajedrez, a los dieciocho el campeonato húngaro, y a los veinte, finalmente, el del mundo. Los campeones más audaces, inconmensurablemente superiores todos ellos en dotes intelectuales, fantasía y arrojo, claudicaban ante su lógica fría y correosa como Napoleón ante el obtuso Kutusov, como Aníbal ante Fabio Cunctátor, de quien Tito Livio refiere que en su infancia había mostrado asimismo claros síntomas de flema e imbecilidad. Fue así como la ilustre galería de los campeones de ajedrez, que reúne en sus filas a los más diversos tipos de superioridad intelectual, filósofos, matemáticos, naturalezas calculadoras, imaginativas y a menudo creativas, hubo de dejar paso por primera vez a un completo *outsider* del mundo del intelecto, a un pueblerino hosco y tedioso a quien ni el más avezado de los periodistas logró nunca arrancar ni una palabra aprovechable para un artículo. También es cierto que Czentovic llegó a suplir bien pronto la falta de declaraciones ingeniosas con un cúmulo de anécdotas sobre su persona. Pues en cuanto se levantaba de la mesa de ajedrez, en la que era un maestro sin parangón, Czentovic se convertía sin remedio en una figura cómica, casi grotesca. Pese a su ceremonioso traje negro, a su pomposa corbata adornada con un alfiler de perlas demasiado ostentoso y a su meticulosa manicura, seguía siendo, por su comportamiento y sus maneras, el mismo torpe rapaz que barría la casa del cura en la aldea. Con un cinismo tosco y grosero que divertía y a la vez indignaba a sus colegas, trataba tan sólo de obtener todo el dinero posible de su talento y su fama, satisfaciendo la más vulgar y mezquina codicia. Viajaba de ciudad en ciudad hospedándose siempre en los hoteles más económicos, jugando en los clubs más miserables, con tal que se le pagasen sus honorarios; cedió su imagen para anuncios de jabón y, sin preocuparse por la burla de sus competidores, que sabían perfectamente que no era capaz de escribir tres frases seguidas correctamente, dio su nombre a una *Filosofía del ajedrez* que había escrito en realidad un ignoto estudiante de Galitzia para un editor perspicaz. Como todas las naturalezas tenaces carecía por completo del sentido del ridículo. Desde su triunfo en el campeonato mundial se tenía por el personaje más importante del mundo, y la conciencia de haber derrotado en su propio campo a todos aquellos intelectuales tan agudos, oradores y escritores brillantes y, sobre todo, el hecho palpable de ganar más dinero que ellos, transformó su inseguridad inicial en una vulgar ostentación de fría arrogancia.

—Pero ¿cómo no había de obnubilar gloria tan repentina a una cabeza tan huera?—concluyó mi amigo, que acababa de contarme algunas anécdotas clásicas de la suficiencia pueril de Czentovic—. ¿Cómo no iban a apoderarse los delirios de grandeza de un campesino del Banato si de pronto, a los veintiún años, con sólo mover unas figuritas sobre un tablero de madera, ganaba más en una semana que su pueblo entero en todo un año de talar bosques y realizar las faenas más duras? Y, además, ¿no es acaso lo más fácil del mundo considerarse un gran hombre cuando no se tiene ni la menor idea de que hayan existido alguna vez un Rembrandt, un Beethoven, un Dante, un Napoleón? En el estrecho recinto de su cerebro lo único que cuenta es que, desde hace meses, no ha perdido una sola partida, y como ni sospecha que puedan existir en este mundo otros valores que no sean el ajedrez y el dinero, no le faltan razones para sentirse pagado de sí mismo.

Estas declaraciones de mi amigo no dejaron de despertar mi más viva curiosidad. Toda mi vida me han intrigado los monomaníacos, las personas obsesionadas por una sola idea, pues cuanto más se limita uno, más se acerca por otro lado al infinito; son precisamente estos seres en apariencia fuera del mundo los que, como termitas, saben construir en su ámbito una imagen reducida del mundo, única y extravagante. No disimulé, por tanto, mi intención de examinar con lupa aquel singular espécimen de monocordia intelectual durante los doce días del viaje a Río.

—No creo que tenga suerte—me previno mi amigo—. Que yo sepa nadie ha logrado hasta ahora arrancar a Czentovic ni el más mínimo material psicológico. Detrás de toda su abismal estulticia, ese astuto campesino oculta la gran habilidad de no mostrar nunca sus puntos flacos. La técnica es simple: basta evitar toda conversación que no sea con paisanos de su propia extracción que se busca en las fondas en las que se aloja. Apenas detecta la presencia de una persona instruida, se encierra en su concha como un caracol; por eso nadie puede jactarse de haberle oído decir nunca una necedad ni de haber podido medir la profundidad presumiblemente insondable de su incultura.

Mi amigo estaba efectivamente en lo cierto. Durante los primeros días del viaje resultó del todo imposible acercarse a Czentovic sin incurrir en una grosera impertinencia, impropia de mi carácter. Es verdad que a veces se paseaba por cubierta, pero siempre con las manos a la espalda, en la misma actitud orgullosamente ensimismada que Napoleón en su famoso retrato; por otra parte, sus peripatéticas rondas por cubierta terminaban de forma tan apresurada y súbita que hubiera tenido que trotar uno detrás de él para poder dirigirle la palabra. Nunca se dejaba ver en cambio en las salas de reunión, en el bar o en el salón de fumadores. Por la información confidencial de un camarero, supe que se pasaba casi todo el día en su camarote, ensayando o reconstruyendo partidas de ajedrez sobre un tablero descomunal.

Al cabo de tres días empezó a fastidiarme realmente que sus tácticas de evasión fuesen más hábiles que mi voluntad de abordarlo. Nunca en mi vida había tenido la oportunidad de conocer personalmente a un campeón de ajedrez, y ahora, cuanto más me esforzaba por plasmar tal tipo de personaje, más inverosímil se me antojaba una actividad mental que durante una vida entera no hiciera otra cosa que girar en torno a un espacio de sesenta y cuatro casillas blancas y negras. Conocía desde luego, por propia experiencia, el misterioso poder de atracción del «juego de reyes», de ese juego entre los juegos, el único entre los ideados por el hombre que escapa soberanamente a cualquier tiranía del azar, y otorga los laureles de la victoria exclusivamente al espíritu o, mejor aún, a una forma muy característica de agudeza mental. ¿Pero no es ya el solo hecho de tildarlo de juego una degradación insultante? ¿No es acaso también una ciencia, un arte que gravita entre estas diferentes categorías como entre el cielo y la tierra el ataúd de Mahoma? ¿No es por azar un vínculo único entre todos los pares de contrarios; antiquísimo y sin embargo siempre nuevo; mecánico en su disposición y sin embargo eficaz tan sólo por obra de la fantasía; limitado a un espacio rígidamente geométrico y a un tiempo ilimitado en sus combinaciones; en perpetuo desarrollo y sin embargo estéril: un pensamiento que no lleva a nada, una matemática que nada calcula, un arte sin obras, una arquitectura sin sustancia, y aun así más manifiestamente perenne en su esencia y existencia que todos los libros y obras de arte, el único juego que pertenece a todos los pueblos y a todas las épocas y del que nadie sabe qué dios lo legó a la tierra para matar el hastío, aguzar los sentidos y estimular el espíritu? ¿Dónde empieza, dónde acaba? Cualquier niño puede aprender sus reglas básicas, cualquier chapucero probar con él fortuna, y sin embargo tiene la virtud de generar en el seno de su cuadrado, inmutable y estricto, una especie peculiar de campeones sin comparación con ninguna otra, hombres dotados de una habilidad especial para el ajedrez, de una genialidad específica que combina clarividencia, paciencia y técnica en proporciones tan exactamente definidas como lo están para los matemáticos, poetas y músicos, sólo que con distinta disposición y armonía. En los tiempos en que hacía furor la frenología, tal vez un Gall hubiera realizado la disección de los cerebros de los campeones de ajedrez para averiguar si en la materia gris de estos genios se halla más desarrollada una circunvolución especial, una especie de músculo del ajedrez o de protuberancia ajedrecística. ¡Y cuánto más hubiera entusiasmado a un frenólogo tal un caso como el de Czentovic, en el que ese genio específico aparecía enquistado en una desidia intelectual absoluta, como una sola veta de oro entre quintales de roca estéril! ¡Siempre he estado dispuesto a admitir en principio que un juego tan genial y peculiar ha de producir sus héroes específicos, pero ¡qué difícil, por no decir imposible, resulta imaginarse la vida de un hombre de inteligencia despierta para quien el mundo se reduce a la estrecha senda entre el blanco y el negro; un hombre que no exige de la vida otros laureles que el mero ir y venir, avanzar y retroceder de treinta y dos figuritas; un hombre que considera ya una proeza haber descubierto una nueva apertura moviendo el caballo en vez del peón o que cree haberse reservado su mísero rincón de inmortalidad en los perdidos renglones de un libro de ajedrez; un hombre, un ser inteligente, que sin volverse loco dedica un día tras otro, durante diez, veinte, treinta, cuarenta años, la totalidad de su energía mental a la ridícula empresa de acorralar sobre un tablero de madera a un rey también de madera!

Y ahora que tenía por primera vez bien cerca de mí a uno de esos genios peculiares, o si se quiere locos enigmáticos, en el espacio de un mismo barco y a una distancia de tan sólo seis camarotes, he aquí que yo, desdichado de mí, en quien la curiosidad por las cuestiones del intelecto acaba siempre por tomar la forma de una especie de pasión, ¿no había de ser capaz de acercarme a él? Empecé a urdir las estratagemas más absurdas, como halagar su vanidad simulando una entrevista para una revista famosa, o bien prenderlo en las redes de su codicia proponiéndole un lucrativo torneo en Escocia. Pero finalmente caí en la cuenta de que la técnica más eficaz que puede utilizar un cazador de faisanes consiste en imitar su grito de celo, y, en efecto, ¿podía haber nada mejor para captar la atención de un campeón de ajedrez que jugar uno mismo?

Ahora bien, yo no he sido nunca un gran artista del ajedrez, y ello por la simple razón de que nunca he pretendido otra cosa que distraerme jugando. Cuando me siento un rato ante el tablero no lo hago para devanarme los sesos, sino todo lo contrario, para descansar del esfuerzo intelectual. Juego al ajedrez en el sentido literal de la palabra, mientras que los demás, los auténticos jugadores, *seriean* al ajedrez, por introducir un neologismo audaz en nuestra lengua. Pero tanto para el ajedrez como para el amor es imprescindible una pareja, y en aquel momento no sabía yo todavía si aparte de nosotros dos habría a bordo algún otro amante del ajedrez. Para conseguir sacarlos de sus madrigueras preparé una trampa sencilla en el salón de fumadores: me senté a modo de reclamo con mi esposa—que juega todavía peor que yo—frente a un tablero. Y, en efecto, no habíamos realizado todavía ni seis jugadas cuando ya se había detenido alguien frente a nosotros. Al poco rato otro nos pidió permiso para mirar, y por último apareció un tercero que, cumpliendo con mis deseos, me retó a una partida. Se llamaba McConnor y era un ingeniero de minas escocés que al parecer había amasado una gran fortuna con los pozos de petróleo en California. Físicamente era un hombre fornido, de recias y vigorosas mandíbulas, casi cuadradas, dientes fuertes y tez sanguínea, cuyo subido tono rojizo era probablemente debido, al menos en parte, a una copiosa fruición del whisky. La sorprendente anchura de sus espaldas, de un atletismo casi impetuoso, reflejaba una vehemencia de carácter que por desgracia se manifestaba también en el juego, ya que el tal señor McConnor pertenecía a esa casta de triunfadores seguros de sí mismos que consideran una derrota en el más intrascendente de los juegos como una afrenta a su amor propio. Acostumbrado a abrirse paso en la vida sin contemplaciones y halagado por el éxito de sus empresas, este *self-made-man* macizo estaba tan firmemente persuadido de su superioridad que cualquier resistencia le irritaba como si fuera una insubordinación improcedente y hasta casi un insulto. Cuando perdió la primera partida se puso de mal humor, y nos comunicó en tono dictatorial y con prolijos argumentos que aquello sólo podía ser consecuencia de un descuido momentáneo. Cuando perdió la tercera, la culpa la tuvo el ruido en la sala de al lado. Nunca consintió perder una partida sin exigir inmediatamente la revancha. Esta obstinación arrogante me divirtió al principio; después me acostumbré a considerarla como un mal menor inevitable para el desarrollo de mis planes, si en verdad quería atraer a nuestra mesa al campeón del mundo.

Al tercer día lo conseguí, o por lo menos lo conseguí a medias. Ya sea que Czentovic nos había visto jugar desde la cubierta a través del ojo de buey, ya sea que por azar había querido honrar con su presencia el salón de fumadores, lo cierto es que, apenas advirtió que nosotros, unos intrusos, osábamos ejercitar su arte, se acercó instintivamente un paso más, y desde esa bien calculada distancia lanzó una mirada escrutadora sobre nuestro tablero. Le tocaba mover a McConnor. Ese solo movimiento pareció suficiente para convencer a Czentovic de que no era propio de su condición de campeón seguir ocupándose en nuestros empeños de diletantes. Con el mismo gesto espontáneo con que uno de nosotros rehusaría una novelucha policíaca sin ni siquiera hojearla si nos la ofrecieran en una librería, él se alejó de nuestra mesa y abandonó el salón de fumadores. «No hemos dado la talla», pensé para mis adentros, un tanto disgustado por aquella mirada fría y despectiva, y para disipar de algún modo mi mal humor, le dije a McConnor:

—No parece que su jugada haya entusiasmado al maestro.

—¿A qué maestro?

Le expliqué que aquel señor que acababa de pasar por nuestro lado y que había lanzado sobre nuestro tablero una mirada de desaprobación era Czentovic, el campeón del mundo de ajedrez. Aunque, añadí, no teníamos por qué sentirnos ofendidos por su ilustre desprecio, ya que, al fin y al cabo, «los pobres han de cocinar con agua». Me sorprendió el inesperado efecto que tuvieron sobre McConnor estas palabras, que yo había pronunciado medio en broma. Presa de una súbita excitación, se olvidó de nuestra partida, y su amor propio se hizo palpable en el latido de sus sienes. Me dijo que no tenía la menor idea de que Czentovic se hallara a bordo y que era absolutamente necesario que jugara con él; que no había jugado nunca con un campeón del mundo, excepto una vez, en una partida simultánea con cuarenta jugadores más, y que había sido terriblemente excitante y que poco faltó para que ganara. Me preguntó si conocía personalmente al campeón. Yo le dije que no. Me propuso entonces que lo abordase y le invitase a nuestra mesa. Me negué con el argumento de que Czentovic, por lo que yo sabía, no se mostraba demasiado dispuesto a conocer gente nueva. Y, además, ¿qué aliciente podía tener para un campeón del mundo ocuparse de unos jugadores de tercera como nosotros?

Pues bien, lo de «jugadores de tercera» hubiera sido preferible no decírselo a una persona tan arrogante como McConnor. Se retiró irritado y me comunicó en un tono brusco que él, por su parte, se resistía a creer que Czentovic fuera capaz de declinar la cortés invitación de un *gentleman*, que ya se ocuparía él de ello. A petición suya le hice un esbozo de la personalidad del campeón. Incapaz de contener su impaciencia, se lanzó a perseguir a Czentovic por cubierta, indiferente a la partida que habíamos empezado. Pude constatar entonces una vez más que a una persona de espaldas tan anchas no se le puede llevar la contraria cuando se le mete algo en la cabeza.

Esperé, bastante intrigado. McConnor volvió al cabo de unos diez minutos y, al parecer, no de muy buen humor.

—¿Y bien?—pregunté.

—Tenía usted razón—me contestó, un poco molesto—. No es que sea muy amable. Me he presentado. Le he explicado quién soy y él ni siquiera se ha dignado tenderme la mano. He tratado de explicarle que todos nos sentiríamos muy honrados si tuviera a bien jugar una partida simultánea contra nosotros. Sin inmutarse me ha comunicado que lo sentía mucho, pero que tenía unos compromisos contractuales con su agente que le prohibían expresamente jugar durante toda su gira sin percibir honorarios. Y que no podía pedir menos de doscientos cincuenta dólares por partida.

Me eché a reír.

—Realmente nunca se me hubiera ocurrido pensar que mover unas piezas de un cuadro negro a un cuadro blanco pudiera llegar a ser un negocio tan lucrativo. Bien, me imagino que se habrá despedido usted de él con la misma cortesía.

Pero McConnor permaneció serio.

—La partida será mañana a las tres. Aquí en el salón de fumadores. Espero que no nos dejemos avasallar tan fácilmente...

—¿Cómo, se ha avenido usted a pagarle los doscientos cincuenta dólares?—exclamé estupefacto.

—¿Por qué no? *C'est son métier.* Si tuviera dolor de muelas y hubiese casualmente un dentista a bordo tampoco pretendería que me sacase la muela gratis. El hombre tiene razón cuando fija esos precios; en todos los oficios, los más entendidos son a la vez los que mejor se administran. Y por lo que a mí respecta, cuanto más claro sea un negocio, mejor. Prefiero pagar al contado que permitir que un señor Czentovic pueda hacerme algún favor que después todavía le tendría que agradecer. Al fin y al cabo, no sería la primera vez que pierdo más de doscientos cincuenta dólares en mi club en una noche y sin jugar contra un campeón del mundo. Para jugadores «de tercera» no es una vergüenza ser derrotado por un Czentovic.

Observé con regocijo hasta qué punto aquella inocente expresión, «jugador de tercera», había herido el amor propio de McConnor. Pero ya que se mostraba dispuesto a pagarse el capricho, nada tenía yo que objetar contra aquella improcedente ambición que, al fin y al cabo, iba a permitirme trabar

25

conocimiento con el curioso espécimen que tanto me interesaba. Nos apresuramos a informar del inminente acontecimiento a los cuatro o cinco viajeros que hasta entonces habían declarado ser jugadores de ajedrez, y para que no nos estorbaran los demás pasajeros con su ir y venir, reservamos también para la partida las mesas contiguas.

Al día siguiente ninguno de nosotros faltó a la hora convenida. Como es lógico, el asiento situado directamente enfrente del maestro se reservó para McConnor, que no paraba de mirar el reloj y descargaba su nerviosismo encendiendo un cigarrillo tras otro. Pero el campeón del mundo se hizo esperar diez minutos largos—actitud previsible teniendo en cuenta lo que de él había contado mi amigo—, lo que por supuesto dio mayor aplomo a su aparición. Se acercó tranquilo y grave a la mesa, y dejando a un lado las presentaciones: «Ya sabéis quién soy, y a mí no me interesa saber quiénes sois», parecía querer comunicarnos con su grosería. Comenzó con las disposiciones preliminares con sequedad de profesional. En vista de que, por falta de suficientes tableros, era imposible llevar a cabo una partida simultánea, propuso que jugáramos todos contra él conjuntamente. Una vez efectuada su jugada, él se retiraría a otra mesa en el otro extremo del salón para no estorbar nuestras deliberaciones. Después de haber movido nosotros, como lamentablemente no disponíamos de campanilla, haríamos resonar una cucharilla dentro de un vaso. El tiempo máximo para cada jugada sería de diez minutos, a menos que quisiéramos nosotros disponerlo de otro modo. Ni que decir tiene que aceptamos tímidos como colegiales todo lo que nos había propuesto. A Czentovic le tocaron las negras. Todavía de pie, movió su pieza inmediatamente después de que lo hiciéramos nosotros, y después se fue rápidamente al rincón que había elegido para esperar, donde, sentado displicentemente en una poltrona, se puso a hojear una revista.

No tiene demasiado sentido relatar los pormenores de la partida. Acabó naturalmente como tenía que acabar: con nuestra derrota total, concretamente en el movimiento número veinticuatro. El hecho de que un campeón mundial barriese del tablero a media docena de jugadores mediocres o menos que mediocres no tiene nada de sorprendente; lo que sí se nos hizo desagradable fue su manera prepotente de darnos a entender que aquello era para él coser y cantar. Apenas si se dignaba echar una ojeada displicente al tablero cuando llegaba su turno, y de paso a todos nosotros, como si no hubiéramos sido más que simples figurillas inertes de madera, con un gesto impertinente que no podía dejar de recordar al de quien le echa un hueso a un perro sarnoso apartando la vista. Si hubiese tenido un mínimo de tacto habría podido avisarnos de nuestros errores, creo yo, o bien animarnos con alguna frase amable. Pero nada de eso; ni siquiera después de acabar la partida fue capaz de soltar palabra aquella máquina inhumana de jugar al ajedrez que, una vez sentenciado el jaque mate, permaneció inmóvil ante la mesa esperando por si alguno de nosotros deseaba jugar una segunda partida. Yo ya me había levantado, no hallando mejor manera que ese gesto para dar a entender a persona tan grosera e insensible que, por lo menos por mi parte, con la conclusión de aquel negocio en dólares se acababa también el placer de nuestra relación, cuando de pronto me sorprendió desagradablemente oír a mi lado la voz ronca de McConnor:

—¡Revancha!

Lo que realmente me alarmó fue su tono desafiante; de hecho, McConnor ofrecía en aquel instante mucho más el aspecto de un boxeador a punto de descargar un puñetazo que el de un *gentleman* bien educado. No sé yo si sería consecuencia de los modales tan poco agradables que Czentovic había usado con nosotros o bien del enfermizo amor propio del escocés; en cualquier caso McConnor no parecía el mismo. Tenía el semblante encendido hasta la raíz de los cabellos, las ventanas de la nariz se le habían dilatado bajo una fuerza interior, transpiraba visiblemente y se mordía los labios. Su barbilla se proyectaba hacia adelante en señal de batalla, y en sus ojos pude distinguir con inquietud aquel relampagueo de apasionamiento incontrolado que gene-

ralmente se observa tan sólo en los jugadores de ru-
leta cuando, después de doblar la apuesta seis o siete veces seguidas, vuelve a salir el color que no han
elegido. En aquel momento comprendí que el fanático amor propio de McConnor lo llevaría a jugar
con Czentovic una partida tras otra, a apuesta sencilla o doblada, hasta poder ganar por lo menos una,
aun a costa de perder su fortuna. Y si Czentovic le
seguía la corriente, habría encontrado en McConnor una mina de oro de la que podría extraer un par
de miles de dólares antes de llegar a Buenos Aires.

Czentovic no se inmutó.

—Estoy a su disposición—respondió cortésmente—. A los señores les toca jugar ahora con las
negras.

El transcurso de la segunda partida no fue muy
diferente del de la primera, salvo que ahora nuestro
grupo se había ampliado con unos cuantos curiosos,
lo que le prestaba también mayor animación. Mc-
Connor se comía el tablero con los ojos, como si
quisiera magnetizar las piezas con su voluntad de
vencer; obviamente habría pagado con gusto mil
dólares por el placer de espetarle jaque mate a su
impertinente adversario. Curiosamente, también a
nosotros se nos había contagiado sin querer una
parte de su obstinada excitación. Discutíamos cada
jugada con mucha más pasión que en la partida an-
terior y siempre interrumpía alguien en el último
momento la señal convenida para que Czentovic

volviese a nuestra mesa. Poco a poco llegamos a la jugada número diecisiete y, ante nuestra propia sorpresa, se produjo una situación que parecía presentarse asombrosamente favorable para nuestros intereses, ya que habíamos conseguido colocar el peón de la columna c en la penúltima casilla c_2, no nos quedaba más que adelantarlo hasta c_1 para cambiarlo por la reina. Pero la verdad es que aquella situación visiblemente favorable no nos resultaba demasiado tranquilizadora; todos recelábamos que aquella ventaja que parecíamos haber conseguido no fuese en realidad más que el cebo con el que Czentovic, con una visión mucho más amplia de la jugada, quisiera hacernos morder el anzuelo. Pero por más vueltas que le dábamos y por mucho que lo discutíamos, no éramos capaces de descubrir la trampa. Finalmente, cuando ya casi habíamos llegado a agotar los diez minutos reglamentarios, nos decidimos a correr el riesgo. Ya McConnor había cogido el peón para llevarlo hasta la última casilla, cuando se sintió de pronto sujetado bruscamente por el brazo y alguien le dijo en voz baja pero enérgica:

—¡Por el amor de Dios, no haga eso!

Todos volvimos la cabeza instintivamente. Era un señor de unos cuarenta y cinco años, de rostro enjuto y facciones marcadas que ya antes había llamado mi atención en cubierta por su notable palidez, casi como de yeso. Debía de haberse acercado a nosotros en los últimos minutos, cuando teníamos toda nuestra atención puesta en la resolución de aquel problema. Al darse cuenta de que todos le mirábamos, añadió apresuradamente:

—Si lo cambian ahora por la dama él contraatacará a continuación con el alfil. Ustedes retiran el caballo. Pero él pasa entonces a $d7$ con su peón libre, amenaza la torre, y aunque ustedes puedan hacer jaque con el caballo, saldrán perdiendo, y al cabo de nueve o diez movimientos habrán perdido la partida. Es aproximadamente la misma situación táctica que Allekhin introdujo por primera vez ante Bogollubov en el gran torneo de Pistiana en 1922.

McConnor soltó sorprendido la figura y, no menos asombrado que cualquiera de nosotros, fijó la vista en aquel hombre que había llovido del cielo como un inesperado ángel de salvación. Para poder prever un jaque mate con nueve jugadas de antelación, no podía ser sino un profesional de primera y, quién sabe, tal vez incluso un aspirante al título de campeón del mundo que hacía aquel viaje para participar en el mismo torneo que Czentovic. El primero en recobrarse fue McConnor.

—¿Usted qué aconsejaría?—susurró con excitación.

—No avanzar ahora sino ponerse a cubierto. Y sobre todo retirar al rey de la línea amenazada, de $g8$ a $h7$. Él atacará entonces probablemente por el otro flanco, pero ustedes lo detendrán con la torre, que pasará de *c8* a *c4*; esto le costará a él dos movimientos y un peón y con ello la ventaja. Quedarán entonces un peón libre contra otro, y si ustedes se mantienen correctamente a la defensiva podrán incluso llegar a hacer tablas. Más no van a conseguir.

No salíamos de nuestro asombro. La precisión de sus cálculos era tan desconcertante como su rapidez. Era como si estuviera leyendo los movimientos en un libro abierto. Con todo, parecía arte de magia que, gracias a su intervención, se nos presentara ahora inopinadamente la oportunidad de hacer tablas ante todo un campeón del mundo. De común acuerdo, nos retiramos todos a un lado para dejarle ver mejor el tablero. McConnor insistió:

—Así pues, ¿el rey de *g8* a *h7*?

—¡Desde luego! Antes que nada ponerse a cubierto.

McConnor obedeció y acto seguido hicimos la señal con la cucharilla. Czentovic se acercó a nuestra mesa con paso tranquilo como de costumbre y con una sola ojeada se hizo cargo de nuestra jugada. Después movió su peón de *h2* a *h4*, sobre el ala del rey, exactamente como había pronosticado nuestro desconocido protector. Éste entonces nos conminó exaltado:

—¡La torre...! Avancen con la torre de *c8* a *c4*; así tendrá que cubrir primero el peón. Pero no le servirá de nada. Ustedes mueven con el caballo de *c3* a *d5*, sin ocuparse de su peón libre, y con ello se restablece el equilibrio. Ahora lleven el juego hacia delante, no jueguen a la defensiva.

No comprendimos lo que quería decirnos. Todo cuanto decía nos sonaba a chino. Pero McConnor, fascinado, obedeció sin pensárselo dos veces. Volvimos a repiquetear en el vaso para llamar a Czentovic. Por primera vez no se decidió de inmediato. Se quedó mirando el tablero con gran atención y por fin ejecutó exactamente la jugada que nos había anunciado el desconocido. Sin embargo, cuando ya se disponía a retirarse a su lugar, ocurrió algo nuevo e inesperado: Czentovic alzó la vista y pasó revista a nuestras filas; se notaba claramente que quería averiguar quién le ofrecía de repente tan tenaz resistencia.

A partir de aquel momento nuestra excitación se desbordó. Hasta entonces habíamos jugado sin ninguna esperanza de ganar, mientras que ahora la idea de que podíamos quebrar la fría arrogancia de Czentovic hacía hervir la sangre en nuestras venas. Pero ya nuestro amigo había ordenado el primer movimiento, así que llamamos a Czentovic—me temblaban los dedos cuando hice sonar el vaso con la cucharilla—de nuevo a nuestra mesa. Fue entonces cuando obtuvimos nuestro primer triunfo. Czentovic, que hasta aquel momento había jugado siempre de pie, dudaba ahora, no se acababa de decidir, y finalmente optó tomar asiento. Se sentó despacio y pesadamente, pero al hacerlo dejó, por lo menos físicamente, de mirarnos por encima del hombro. Le habíamos obligado a situarse, cuando menos en el espacio, a nuestro mismo nivel. Ahora Czentovic reflexionaba largamente con los ojos inmóviles clavados en el tablero, de manera que apenas si se podían distinguir sus pupilas bajo los párpados sombríos, y con el esfuerzo de la reflexión se le iba abriendo poco a poco la boca, lo que confería a su rostro redondeado una expresión un tanto simplona. Estuvo meditando unos cuantos minutos; después movió y se levantó. Y ya enseguida murmuraba nuestro amigo:

—¡Una maniobra de diversión! ¡Bien pensado! Pero no se dejen engañar. Hay que forzar la confrontación. Fuercen el cambio y no habrá dios que pueda ayudarle.

McConnor obedeció. Las jugadas siguientes consistieron en un tira y afloja entre los dos—nosotros hacía ya rato que habíamos descendido a la categoría de comparsas—del cual no entendíamos absolutamente nada. Al cabo de unas siete jugadas Czentovic levantó la vista y después de pensárselo mucho dijo:

—Tablas.

Durante un instante reinó un silencio absoluto. Se oyó de pronto el rumor de las olas y las notas de una música de jazz en la radio del salón; percibimos con claridad cada paso en cubierta y el tenue susurro del viento que penetraba por las rendijas de las ventanas. Todo había sucedido de manera tan repentina que nos habíamos quedado sin aliento, confundidos ante la proeza inverosímil de aquel desconocido que había sido capaz de imponer su voluntad al campeón del mundo en una partida ya medio perdida. McConnor se echó hacia atrás, y la respiración contenida dejó paso a un «¡ah!» de satisfacción en sus labios. Yo, a mi vez, observaba a Czentovic. Ya durante los últimos movimientos me había parecido observar en él una palidez cada vez mayor. Pero supo dominarse. Continuaba manteniendo su rigidez aparentemente indiferente. Mientras retiraba con mano tranquila las piezas del tablero preguntó con displicencia:

—¿Desean los señores una tercera partida?

Formuló esta pregunta en tono objetivo, como si se tratara de un puro asunto de negocios. Pero lo sorprendente es que no miró a McConnor sino a nuestro salvador, con una mirada penetrante y directa. Del mismo modo que un caballo distingue a un mejor jinete por la mayor firmeza con que lo monta, Czentovic debía de haber descubierto en las últimas jugadas quién era su auténtico, su verdadero rival. Todos seguimos instintivamente su mirada; esperábamos impacientes una reacción del forastero, pero antes de que éste tuviera ocasión de reflexionar o de responder, ya McConnor, llevado de su febril presunción, lo interpelaba con aire triunfal:

—¡Naturalmente! Pero esta vez ha de jugar usted solo contra él. ¡Usted solo contra Czentovic!

Pero entonces ocurrió algo imprevisto. El forastero, que mantenía fija la vista, con una mirada obstinada y extraña, sobre el tablero ya vacío de figuras, se sobresaltó al darse cuenta de que todas las miradas estaban clavadas en él y de que le hablaban con tanto entusiasmo. Su rostro denotaba una súbita confusión.

—No, no, señores míos—tartamudeó, visiblemente cohibido—. Ni pensarlo..., no cuenten conmigo... Hace veinte años, no, veinticinco, que no había vuelto a sentarme frente a un tablero de ajedrez... Y sólo ahora me doy cuenta de lo impertinente de mi comportamiento al inmiscuirme en su juego sin haber pedido antes permiso a ninguno de ustedes. Les ruego que me disculpen por mi indiscreción... No tengo la intención de continuar molestándoles...

Y antes de que hubiéramos podido recuperarnos de nuestra sorpresa, ya había abandonado la sala.

—¡Pero esto es absolutamente increíble!—exclamó el temperamental McConnor pegando un puñetazo en la mesa—. Es del todo imposible que este hombre no haya jugado al ajedrez durante veinticinco años. ¡Pero si ha sido capaz de prever con cinco o seis jugadas de antelación cada movimiento, cada réplica de su adversario...! Una cosa así no se la saca nadie de la manga, ¿no es cierto?

Con esta última pregunta McConnor se había dirigido, sin darse cuenta, a Czentovic. Pero el campeón del mundo mantuvo su imperturbable frialdad.

—No puedo juzgar al respecto. En cualquier caso, este señor ha jugado de una manera bastante rara e interesante; por eso le he dado intencionadamente una oportunidad.— Y, levantándose con displicencia, añadió en su tono de distanciamiento objetivo—: Si el señor, o los señores, desean jugar mañana otra partida, a partir de las tres me tendrán a su disposición.

No pudimos reprimir una leve sonrisa. Todos sabíamos que no era verdad que Czentovic hubiera concedido generosamente una oportunidad a nuestro desconocido aliado, y que aquella salida no había sido otra cosa que un subterfugio ingenuo para disimular su propio fracaso. Pero contribuyó a hacer más vehemente aún nuestra exigencia de ver humillada una arrogancia tan inconmovible. Una animosidad salvaje y ambiciosa se había apoderado de golpe de nosotros, hasta aquel momento indolentes y pacíficos pasajeros, pues la idea de que pudiéramos arrebatarle la palma al campeón del mundo precisamente allí, en nuestro buque en medio del océano—un récord que después todas las oficinas de telégrafos se apresurarían a divulgar por todo el mundo—nos fascinaba como un reto. Y a ello se añadía el encanto del misterio que emanaba de la inesperada intervención de nuestro salvador precisamente en el momento crítico, y el contraste entre su modestia casi temerosa y la imperturbable arrogancia del profesional. ¿Quién era aquel desconocido? ¿Estábamos asistiendo por ventura a la epifanía de un nuevo genio del ajedrez? ¿O es que algún campeón famoso nos ocultaba su nombre por algún motivo difícil de adivinar? Discutimos todas esas posibilidades animadamente; ni las más arriesgadas hipótesis bastaban para conciliar la enigmática timidez del forastero y su sorprendente confesión con su indiscutible dominio de las técnicas del juego. En un punto, sin embargo, estábamos todos de acuerdo: no renunciaríamos bajo ningún concepto al espectáculo de un nuevo enfrentamiento. Decidimos que lo intentaríamos todo para que nuestro aliado jugase al día siguiente una partida contra Czentovic, y McConnor se comprometió a correr con los eventuales gastos. Y como, entretanto, habíamos averiguado por un camarero que el desconocido era austriaco, me encargaron a mí, como compatriota suyo, que le comunicara nuestra solicitud.

No tardé mucho en dar con el fugitivo. Estaba leyendo, sentado en una tumbona en la cubierta de paseo. Antes de acercarme aproveché la ocasión para contemplarlo tranquilamente. La cabeza, de rasgos marcados, descansaba con gesto de leve cansancio en una almohada; una vez más me llamó la atención la extrema palidez de aquel rostro relativamente joven, cuyas sienes ceñían unos cabellos de deslumbrante blancura; tuve, no sé por qué, la sensación de que aquel hombre debía de haber envejecido de golpe. Al notar que me acercaba, se levantó cortésmente y se presentó. Su apellido, que enseguida me resultó familiar, correspondía a uno de los más antiguos e ilustres linajes de la nobleza austriaca. Recordé que uno de los portadores de aquel nombre había formado parte del círculo de los más íntimos amigos de Schubert y que de aquella familia procedía también uno de los médicos de cámara del anciano emperador. Cuando comuniqué al señor B. nuestro ruego de que aceptase el reto de Czentovic, quedó visiblemente desconcertado. El caso era que no había tenido ni la más ligera sospecha de que la persona a quien había sabido mantener a raya en aquella partida fuese todo un campeón del mundo, el de mayor éxito y el más famoso en aquellos momentos. En cualquier caso, esta noticia pareció producirle una singular impresión, pues una y otra vez me preguntó si estaba seguro de que su contrincante era efectivamente un auténtico campeón mundial. Pronto me di cuenta de que esa circunstancia facilitaría mi misión, aunque, consciente de su delicada sensibilidad, le oculté el perjuicio que podría suponer una eventual derrota para las arcas de McConnor. Tras un titubeo prolongado, el señor B. se declaró finalmente dispuesto a jugar aquella partida, aunque no sin pedirme antes expresamente que advirtiese a todos aquellos señores que no depositaran en su competencia excesivas esperanzas.

—Porque de verdad no sé—añadió con una sonrisa dubitativa—si soy o no capaz de jugar como es debido una partida de ajedrez siguiendo todas las reglas del juego. Créame usted, no era en absoluto por falsa modestia por lo que dije que no he vuelto a tocar una pieza desde mis épocas de estudiante en el instituto, es decir, desde hace más de veinte años. Y ni tan siquiera en aquella época pasaba de ser considerado un jugador sin especiales aptitudes.

Dijo eso en un tono tan natural que no dejaba lugar a la más mínima duda por mi parte sobre su sinceridad. Sin embargo, no pude dejar de manifestarle mi admiración por la exactitud con que podía recordar las tácticas de los más diversos campeones; tenía que haberse ocupado mucho del ajedrez, cuando menos de la teoría. El señor B. volvió a esbozar la misma sonrisa extrañamente ausente.

—¿Que si me he ocupado del ajedrez? ¡Válgame Dios! ¡Ya lo creo! Pero ocurrió en unas circunstancias muy particulares, por no decir únicas. Se trata de una historia bien complicada, y que por otra parte no puede dejar de ser considerada como una pequeña contribución a esta encantadora época en que vivimos. Si tiene usted la paciencia de dedicar media hora a escucharme…

Me ofreció con un gesto la silla de al lado. Acepté gustoso su invitación. No había nadie más. El señor B. se quitó las gafas que usaba para leer, las dejó a un lado y empezó su relato:

—Ha tenido usted la gentileza de manifestar que como vienés recordaba mi apellido. Pero me imagino que seguramente no habrá oído nunca hablar de la gestoría jurídica que yo dirigía, primero con mi padre y más adelante solo, ya que evitábamos defender causas espectaculares que tienen una gran resonancia pública, y no aceptábamos por principio nuevos clientes. En realidad no era propiamente un bufete de abogados; nos limitábamos exclusivamente a asesorar sobre problemas jurídicos, y en particular a administrar los bienes de los grandes conventos, a los que mi padre, como antiguo diputado del partido clerical, estaba muy vinculado. Y aparte de eso (hoy que la monarquía ha pasado a la historia creo que se puede hablar ya de ello), se nos había confiado la administración de la fortuna de algunos miembros de la familia imperial. Estos vínculos con la corte y la clerecía se remontaban ya a dos generaciones atrás: un tío mío era médico de cámara del emperador, y otro, abad de Seitenstetten. No teníamos más que conservarlos, y ésta era una actividad tranquila, un quehacer silencioso, diríamos, que nos había sido adjudicado gracias a esa confianza heredada y que no exigía, a decir verdad, casi nada más que una estricta discreción

41

y honestidad, dos virtudes que mi difunto padre poseía en grado sumo. Consiguió, en efecto, que sus clientes conservaran, gracias a su prudencia, considerables fortunas, tanto durante los años de la inflación como en los del cambio de régimen. Cuando más adelante Hitler tomó en sus manos el timón de la historia de Alemania y comenzó a expoliar a la Iglesia y a los conventos sus patrimonios, intervinimos también más allá de la frontera en distintas negociaciones y transacciones para salvar de la confiscación, al menos, los bienes muebles de nuestros clientes; y de muchas negociaciones políticas secretas de la curia y de la casa imperial mi padre y yo llegamos a saber más de lo que llegará a saber nunca la opinión pública. Pero precisamente el aspecto discreto de nuestro bufete (ni siquiera teníamos placa en la puerta) y una extrema prudencia en evitar ambos la frecuentación de los círculos monárquicos nos ponían a salvo de cualquier investigación indeseada. De hecho, en todos esos años ninguna de las sucesivas autoridades en Austria llegó a sospechar jamás que los correos secretos de la casa imperial entregaban y retiraban siempre su correspondencia más importante ni más ni menos que en nuestra insignificante gestoría instalada en un cuarto piso.

»Pues bien, los nacionalsocialistas, mucho antes de empezar a armar sus ejércitos contra el mundo entero, se habían ocupado de organizar un ejército no menos peligroso y eficaz en todos los países vecinos: la legión de los relegados, de los humillados, de los resentidos. En cada oficina, en cada empresa, se habían infiltrado las que ellos llamaban "células"; y ni tan siquiera en los domicilios particulares de Dollfuß y Schuschnigg faltaban espías y confidentes. Incluso en nuestra modestísima gestoría habían logrado introducir a uno de los suyos, como tuve ocasión de comprobar más tarde. A decir verdad, no era más que un miserable oficinista falto de talento que yo había contratado por recomendación de un cura, con el único propósito de dar a nuestra agencia el aspecto de una oficina normal, de puertas afuera. En realidad sólo le encargábamos asuntos insignificantes, como atender el teléfono u ordenar las actas que, claro está, no hacían referencia a nada esencial ni confidencial. En ningún caso estaba autorizado a abrir la correspondencia; todas las cartas importantes las escribía yo personalmente a máquina, sin sacar copia; los documentos importantes me los llevaba siempre a casa, y las deliberaciones secretas tenían lugar exclusivamente en el priorato del monasterio o en el consultorio de mi tío. Gracias a estas medidas de precaución, el confidente no llegó a enterarse nunca de ningún asunto relevante. Pero a raíz de alguna desdichada casualidad, ese ambicioso y fatuo individuo debió de darse cuenta de que no nos fiábamos de él y de que a sus espaldas ocurrían cosas por demás interesantes. Es posible que en mi ausencia a algún correo imprudente se le hubiera escapado hablar de "Su Majestad" y no del "barón Bern" tal como habíamos convenido, o que aquel bergante hubiera abierto alguna carta desobedeciendo mis instrucciones; el caso es que, sin que yo llegara a tener sospecha alguna, el hombre recibió de Múnich o de Berlín la orden de vigilarnos. Sólo mucho más tarde, cuando ya hacía tiempo que yo estaba preso, me vino a la memoria cómo en los últimos meses su primitiva desidia se había convertido de pronto en diligencia, y que en aquel tiempo se había ofrecido con una insistencia casi importuna a llevar mi correspondencia al correo. Así que he de confesar que hubo por mi parte cierta falta de precaución, pero ¿acaso no cayeron también los más avezados diplomáticos y militares en las trampas que, malévolamente, les habían tendido los sicarios de Hitler? Recibí una prueba palpable de la escrupulosa y amable atención que la Gestapo deparaba a mi persona desde hacía algún tiempo cuando, la misma tarde en que Schuschnigg dio a conocer su renuncia, y un día antes de que Hitler entrara en Viena, me detuvieron los hombres de las SS. Por suerte tuve todavía tiempo de quemar los papeles más importantes apenas había acabado de oír en la radio el discurso de despedida de Schuschnigg; y todos los demás documentos con los títulos imprescindibles para el reconocimiento de la propiedad de los valores, que habían depositado en el extranjero mi tío y dos archiduques, los envié al monasterio realmente en el último instante, mientras ya los esbirros aporreaban la puerta del despacho, escondidos en un cesto de ropa que la anciana portera, persona de absoluta confianza, llevó hasta el domicilio de mi tío.

El señor B. interrumpió su relato para encenderse un cigarro. El resplandor fugaz de la llama me permitió observar una contracción espasmódica de la comisura izquierda que ya antes me había llamado la atención y que, como podía comprobar ahora, se repetía cada pocos minutos. Era tan sólo un movimiento fugaz, apenas más perceptible que el tomar aliento, pero que confería a todo el rostro una singular expresión de inquietud.

—Probablemente se imagina usted que ahora voy a hablarle de aquellos campos de concentración a los que fueron deportados todos aquellos que habían guardado fidelidad a nuestra vieja Austria; de las humillaciones, torturas e ignominias que hube de soportar allí. Pero no ocurrió nada de eso. Me asignaron a otra categoría. No me amontonaron con todos aquellos desventurados que tuvieron que sufrir en cuerpo y alma la explosión de un resentimiento largamente acumulado, sino que me destinaron al grupo, mucho más reducido, de los prisioneros a quienes los nacionalsocialistas esperaban poder arrancar dinero o informaciones importantes. Como es natural, no era por mi humilde persona por quien se había interesado la Gestapo, pero se debían de haber enterado de que éramos los administradores, testaferros y hombres de confianza de sus adversarios más encarnizados, y lo que esperaban obtener de mí eran documentos de cargo: contra los conventos, para probar la acusación de evasión de capitales, contra la familia imperial y contra todo aquel que en Austria se hubiese sacrificado por la causa monárquica. Suponían, no sin razón, que de aquellas fortunas que habían pasado por nuestras manos debía de quedar escondida una parte considerable, inaccesible a su sed de rapiña. Es por eso por lo que me detuvieron ya el primer día, para poder hacerme hablar con sus métodos refinados. A las personas de mi categoría, de quienes esperaban obtener dinero o documentos importantes, no las encerraban en campos de concentración, sino que nos reservaban un trato especial. Tal vez usted se acuerde de que ni nuestro canciller ni el barón de Rotschild, a cuyos parientes esperaban arrancar unos cuantos millones, fueron a parar tras las alambradas de un campo de prisioneros, sino que recibieron un trato que podría parecer de favor puesto que fueron alojados en un hotel como el Metropol, que era donde tenía la Gestapo su cuartel general, en el que se asignó a cada uno de ellos una habitación independiente. También mi insignificante persona fue objeto de la misma distinción.

»¡Una habitación individual en un hotel! Qué trato más humano, ¿no es cierto? Pero puede usted creerme si le digo que en realidad no nos dispensaban un trato más humano a las "personalidades" cuando, en vez de hacinarnos de veinte en veinte en una barraca helada, nos alojaban en una habitación de hotel individual con una calefacción medianamente aceptable; se trataba únicamente de un método más refinado. La presión que ejercían para obligarnos a entregar el "material" que pretendían obtener era de una naturaleza más sutil que los garrotazos o la tortura física. Se trataba del aislamiento más refinado que pueda imaginarse. No nos hacían nada, se limitaban a situarnos en el vacío más absoluto, y es bien sabido que nada en el mundo puede oprimir tanto el corazón del hombre como la nada. Recluyéndonos a cada uno de nosotros en una vacuidad total, en una habitación herméticamente aislada del mundo exterior, sustituían la presión externa de las palizas y del frío por una presión interior que finalmente habría de conseguir que despegáramos nuestros labios. A primera vista, la habitación que me habían asignado no parecía en absoluto incómoda. Tenía una puerta, una cama, un sillón, un aguamanil para lavarse y una ventana de rejas. Pero la puerta permanecía día y noche cerrada, la mesa no me servía de nada pues no me permitían tener ni libros, ni diarios, ni papel, ni lápiz, y la ventana daba a una pared ciega. Habían construido una nada absoluta, no sólo en torno a mi alma, sino también en torno a mi cuerpo. Me habían despojado de todos los objetos: el reloj para que no pudiese medir el tiempo, el lápiz para que no pudiese escribir, el cuchillo para que no pudiera abrirme las venas; tampoco el tabaco, el más nimio de los reconfortantes, me estaba permitido. Nunca conseguí ver más rostro humano que el del guardián, a quien no le estaba permitido decir nada ni responder a ninguna pregunta, ni tampoco pude oír jamás una voz humana. Ni la vista ni el oído ni ningún otro sentido recibían, ni de noche ni de día, estímulo alguno: me hallaba solo con mi cuerpo y cuatro o cinco objetos mudos: la mesa, la cama, la ventana, el aguamanil…, desesperadamente solo. Vivía como un buzo bajo la campana de cristal en el negro océano de aquel silencio; un buzo que presiente que se ha roto ya la cuerda que le unía al mundo exterior y que nunca más será rescatado de aquellas calladas profundidades. Nada que hacer, nada que oír, nada que observar; el entorno de la nada, el vacío total, sin espacio y sin tiempo. Me paseaba arriba y abajo y conmigo iban los pensamientos, arriba y abajo. Una y otra vez, arriba y abajo. Pero incluso los pensamientos, por muy etéreos que parezcan, requieren un punto de apoyo, pues de lo contrario giran y giran en torno a sí mismos, en un torbellino sin sentido; tampoco ellos soportan la nada. Desde la mañana a la noche se está a la espera de algo que nunca llega. Se espera y se espera. Y no ocurre nada. Y se sigue esperando, y esperando, y esperando…, y pensando, y pensando, y pensando... hasta que duelen las sienes. Y no ocurre nada. Y estás solo. Solo... Solo...

»Fueron quince días de vivir fuera del tiempo, fuera del mundo. Si hubiera estallado la guerra yo no me habría enterado; mi mundo se componía únicamente de una mesa, una puerta, una cama, un aguamanil, un sillón, una ventana y una pared. Y mi vista estaba siempre fija en el mismo empapelado de la misma pared; de tanto mirarlo se me quedaron grabadas las líneas zigzagueantes de su dibujo en el pliego más profundo de mi cerebro, como si alguien las hubiera incrustado en él con un buril de bronce. Después empezaron, por fin, los interrogatorios. Te llamaban de golpe, sin saber a ciencia cierta si era de día o de noche, y te conducían después a algún lugar desconocido atravesando corredores y pasillos; y después tenías que esperar, sin saber dónde estabas, y de pronto te encontrabas ante una mesa a cuyo alrededor estaba sentada gente de uniforme. Sobre la mesa se hallaba una pila de papeles: el expediente, cuyo contenido desconocías. Y después empezaban las preguntas, las claras y las insidiosas, las verdaderas y las falsas, las encubiertas y las capciosas; y mientras respondías a las preguntas, unas manos extrañas y hostiles hojeaban aquellos papeles cuyo contenido ignorabas, y otras manos extrañas y hostiles anotaban algo en un expediente, sin que pudieras saber lo que estaban escribiendo. Pero lo que resultaba más terrible para mí durante aquellos interrogatorios era no poder adivinar ni calcular nunca lo que sabía en realidad la gente de la Gestapo de los asuntos de mi gestoría ni lo que pretendía que yo confesase. Ya le he contado que los documentos realmente comprometedores se los había enviado a mi tío a través de la portera de la casa en el último momento. Pero ¿los había recibido? ¿O no habían llegado a sus manos? ¿Hasta qué punto nos habría traicionado el escribiente? ¿Qué cartas mías habían interceptado? ¿Cuántas informaciones habrían logrado tal vez arrancar ya en los conventos alemanes que representábamos a algún fraile no muy despierto? Y ellos seguían preguntando y preguntando... Que qué valores había yo adquirido para tal o cual convento, que con qué bancos estaba en contacto... Que si conocía o no a fulano y mengano, que si había recibido cartas de Suiza o de Steenookerzeel... Y como yo no podía hacerme una idea exacta de lo que ellos ya conocían, cada respuesta llevaba consigo una angustiosa responsabilidad. Si admitía algo que ellos ignoraban, podía fácilmente enviar a alguien a la picota sin necesidad alguna; si por el contrario callaba demasiado, me perjudicaba a mí mismo.

»El interrogatorio no era sin embargo lo peor. Peor era la vuelta, después, a mi nada, a la misma habitación con la misma mesa, la misma cama, el mismo aguamanil, el mismo empapelado. Porque en cuanto volvía a estar solo, trataba de reconstruir el interrogatorio, pensando cuáles habrían sido las respuestas más inteligentes y qué era lo que tenía que decir la próxima vez para volver a alejar las sospechas que hubiera podido despertar con alguna respuesta poco meditada. Pensaba y reflexionaba, repasaba, examinaba y sopesaba cada palabra de mi declaración, cada palabra pronunciada ante el inquisidor, cada pregunta que éste me había formulado y cada una de mis respuestas; trataba de adivinar cuáles eran las que se había hecho constar en acta, pero ya sabía que nunca sería capaz de calcularlo ni averiguarlo. Y aquellos pensamientos no cesaban de dar vueltas, como en un remolino en el vacío del espacio, vueltas y más vueltas volviendo siempre al principio, formando siempre en mi cabeza alguna nueva combinación. Hasta que me dormía; pero ni el sueño me concedía reposo. Cada vez que la Gestapo me interrogaba, eran después mis propios pensamientos los que reemprendían el martirio de las preguntas y averiguaciones y torturas, implacablemente, tal vez con mayor crueldad aún, ya que los interrogatorios de la Gestapo acababan al cabo de una hora, y éstos no acababan nunca, eternizados por la refinada tortura de mi soledad. La mesa, el armario, la cama, el empapelado, la ventana... Ninguna distracción, ningún libro, ni un diario, ni un rostro nuevo, ni un lápiz para poder tomar notas, ni una cerilla para jugar con ella... Nada, nada, nada... Sólo entonces adquirí conciencia de la diabólica eficacia de aquel sistema para aniquilar el espíritu. En un campo de concentración tal vez habría tenido que acarrear piedras hasta que me sangrasen las manos y los pies se me helasen en los zapatos, me habría visto hacinado con una veintena más de prisioneros sufriendo de frío y pestilencia. Pero habría visto otras caras, habría podido mirar un campo, un carro, un árbol, una estrella, cualquier cosa... Aquí no. Aquí siempre había lo mismo, repitiéndose con horrible monotonía. Aquí no había nada que pudiera distraerme de mis pensamientos, de mis alucinaciones, de mis recapitulaciones enfermizas. Y eso era justamente lo que pretendían, que me intoxicara cada vez más con mis propios pensamientos, hasta que ya no pudiera más y los tuviera que escupir, que vomitar, y tuviese que confesar, confesar todo lo que ellos querían y facilitarles nombres y documentos. Poco a poco fui dándome cuenta de que mis nervios empezaban a deshacerse bajo una presión tan atroz. Entonces intenté ponerlos en tensión, en una tensión suprema, para conseguir encontrar o inventar alguna distracción, fuera la que fuera. Me puse a recitar y rememorar todo lo que alguna vez había aprendido de memoria: el himno nacional, los acertijos de cuando era pequeño, versos de Homero aprendidos en el instituto, los artículos del código civil... Después traté de hacer cálculos: sumar cantidades arbitrarias, dividir... Pero mi memoria, funcionando en el vacío, no tenía ya ningún poder de retención. No podía concentrarme en nada. Se interponían siempre las llamaradas de un mismo pensamiento: ¿qué saben?, ¿qué dije ayer?, ¿qué debo decir la próxima vez?

»Esta indescriptible situación duró cuatro meses. ¡Cuatro meses! ¡Se dice pronto! Cuatro sílabas. Bastan dos palabras para escribirlo. En un cuarto de segundo los labios lo pueden articular: cua-tro me-ses. Pero nadie puede describir, ni medir, ni expresar ante los demás ni ante sí mismo cuánto dura el tiempo fuera del tiempo, fuera del espacio; como tampoco puede darse a entender a nadie hasta qué punto roe y destruye esta nada perpetua, siempre en torno a una mesa y a una cama, un sillón y un aguamanil, y siempre el silencio, siempre el mismo guardián que te pasa la comida sin ni siquiera mirarte, siempre los mismos pensamientos, dando vueltas y vueltas en el vacío, siempre en torno a lo mismo, hasta volverte loco. Me di cuenta por algunos indicios, alarmado, de que mi cerebro empezaba a flaquear. Al principio había mantenido la cabeza clara durante los interrogatorios, había declarado tranquilo y meditando las respuestas; funcionaba todavía aquel doble proceso del pensamiento que me dictaba lo que tenía que decir y lo que tenía que callar. Ahora apenas si podía articular las frases más sencillas, balbuciente, pues mientras hablaba no podía apartar la vista, como hipnotizado, de la pluma que resbalaba sobre el papel del acta, como si quisiera salir en persecución de mis propias palabras. Sentía cómo flaqueaban mis fuerzas, sentía cómo se iba acercando el momento en el que para poderme salvar lo diría todo, todo lo que sabía y tal vez más, en el que, para poder huir de aquella nada asfixiante, traicionaría a doce personas y su secreto, aunque ello no me procurase más que un instante de respiro. Un anochecer, cuando el guardián entró a traerme la cena, yo me estaba debatiendo en esta angustia. Cuando ya se iba no pude contenerme y le grité: "Lléveme a declarar. Quiero contarlo todo. Quiero confesarlo todo. Dónde están los documentos. Dónde está el dinero. Todo, lo diré todo, todo". Por fortuna ya no me oyó. Tal vez ni siquiera quiso oírme.

»Me encontraba aún en esa situación desesperada, cuando un día ocurrió una cosa totalmente imprevista que me salvó, al menos durante cierto tiempo. Era un día oscuro, cubierto y lluvioso de fines de julio; recuerdo muy bien estos detalles porque oí el repiqueteo de la lluvia en los cristales de las ventanas del pasillo por el que me llevaban al interrogatorio. Tuve que esperar en el recibidor del despacho del juez de instrucción. Cada vez que me llevaban ante él tenía que esperar; esta espera formaba también parte de su método. Primero te deshacían los nervios viniéndote a buscar en plena noche, súbitamente, y después, cuando ya te habías preparado para el interrogatorio, cuando ya habías afinado el ingenio y afirmado la voluntad para resistir, te hacían esperar absurdamente, una hora, dos, tres horas, absurdamente, antes de empezar el interrogatorio, para cansarte el cuerpo y ablandarte el alma. Y la espera, aquel jueves veintisiete de julio, fue especialmente larga; dos horas de reloj tuve que esperar de pie en el recibidor. Si recuerdo tan bien la fecha es también por una razón determinada: en aquel recibidor, en el que tuve que pasarme dos horas plantado (como podrá usted comprender no me dejaban sentarme, tenía los huesos de las piernas que se me clavaban ya en la carne) había un calendario, y para qué decirle que yo, ansioso como estaba de leer algo escrito, no paraba de mirar aquellas cifras impresas, aquellas dos breves palabras, «julio 27», colgadas de la pared. Se me clavaron en el cerebro. Y después continué esperando, y esperando, y mirando hacia la puerta a ver si se abría ya de una vez, y pensando al mismo tiempo qué podrían preguntarme esta vez los inquisidores, a pesar de que sabía ya que me preguntarían cosas completamente diferentes de las que me había preparado. Pero el martirio de aquella espera de pie suponía también un alivio, un placer, ya que a fin de cuentas aquella habitación no era la mía. Era un poco más grande y tenía dos ventanas en vez de una, y no tenía ni la cama, ni el aguamanil, ni el alféizar de la ventana tenía aquella grieta de siempre que yo había visto ya millones de veces. La puerta estaba pintada de otro color, había un sillón diferente al lado de la pared, y a la izquierda un archivador lleno de documentos y un colgador con tres o cuatro capotes mojados, los capotes de mis torturadores. Tenía por lo tanto cosas nuevas para mirar, finalmente algo nuevo para mis ojos sedientos de novedad, dispuestos a engullir ávidamente todos los detalles. Observaba cada pliegue de aquellos capotes, me fijaba por ejemplo en la gota que bajaba de una de las solapas mojadas, y, por ridículo que pueda parecerle a usted, esperaba con incoherente ansiedad ver si finalmente rodaría a lo largo del pliegue o si resistiría a la fuerza de la gravedad y se mantendría adherida a la solapa. Sí, estuve mirándola largamente, los minutos se me hacían eternos, los ojos fijos y la respiración contenida, contemplando la lucha de aquella gota como si fuera en ello mi propia vida. Después, cuando finalmente se desprendió, pasé revista a los botones de los capotes, ocho en uno, ocho en el otro, diez en el tercero. A continuación conté los galones. Todas estas nimiedades ridículas, mis ojos sedientos las estuvieron pasando y repasando, insaciables, con una avidez indescriptible. Y de pronto mi mirada quedó prendida en otra cosa. Había descubierto que uno de los bolsillos laterales de uno de los capotes tenía una protuberancia, como si tuviera dentro algún objeto. Me acerqué más y me pareció reconocer por su forma cuadrada lo que contenía aquella protuberancia: ¡un libro! Mis piernas empezaron a flaquear. ¡Un LIBRO! Hacía cuatro meses que no tenía un libro en las manos y ahora, la sola idea de un libro con palabras alineadas, renglones, páginas y hojas, la sola idea de un libro en el que leer, perseguir y capturar pensamientos nuevos, frescos, diferentes de los míos, pensamientos para distraerse y para atesorarlos en mi cerebro, esa sola idea era capaz de embriagarme y también de serenarme. Mis ojos quedaron suspendidos de aquel bulto que formaba el libro en el bolsillo, como hipnotizados, con una mirada tan ardiente como si quisiera perforar el tejido. Finalmente no pude controlar mi avidez; involuntariamente me fui acercando. Sólo con pensar que podía tocar un libro con las manos, aunque fuera a través de la ropa del bolsillo, ya me ardían los dedos hasta la raíz de las uñas. Casi sin darme cuenta fui acercándome cada vez más. Por fortuna, el guardián no se dio cuenta de mi comportamiento, sin duda bastante extraño; quizás le parecía natural que una persona que había tenido que estar de pie durante dos horas quisiera apoyarse un poco en la pared. Ahora había llegado ya al lado mismo del capote y eché las manos a la espalda para poder palparlo sin llamar la atención. A través de la ropa conseguí percibir, en efecto, una cosa cuadrada, una cosa flexible y que crujía levemente: ¡un libro! Y una idea me atravesó el cerebro como un relámpago: "¡Róbalo! ¡Tal vez lo consigas y puedas esconderlo en la celda y después leer, leer, leer, por fin volver a leer!" Esta idea, apenas formulada, empezó a actuar como un poderoso veneno; de pronto empezaron a silbarme los oídos y mi corazón se puso a latir y las manos, heladas, no acertaban a obedecerme. Sin embargo, pasado el aturdimiento inicial, me fui deslizando hasta el capote sin llamar la atención, y sin dejar de mirar al guardián empecé a empujar, con las manos siempre escondidas tras la espalda, para que el libro fuera subiendo hasta quedar casi fuera del bolsillo. Al final, un movimiento de los dedos, un solo movimiento cauto y ligero, y he aquí que ya tenía en mis manos el libro, un ejemplar no muy voluminoso por cierto. Sólo en aquel momento llegué a darme cuenta, aterrado, de lo que acababa de hacer, pero ya no podía echarme atrás. ¿Dónde lo metería? Lo fui empujando, pegado a la espalda, hasta los pantalones, por debajo de la ropa, moviéndolo hacia un lado, para poder mantenerlo fijo a la costura si caminaba con las manos marcialmente pegadas a ambos lados. Venía ahora la primera prueba. Me separé del colgador un paso, después dos, después tres. Todo salió bien. Sólo con que mantuviese la mano bien unida a los pantalones podía ir aguantando el libro mientras caminaba.

»Después llegó el interrogatorio, que exigió un esfuerzo más penoso que nunca, pues toda mi atención se concentraba en el libro y en cómo sostenerlo sin llamar la atención, más que en las preguntas y en las respuestas. Por fortuna esta vez el interrogatorio no duró mucho y pude llevar el libro sano y salvo hasta mi habitación. No querría entretenerle con todos los detalles de esta peripecia; sólo le diré que, en un momento dado, el libro me resbaló peligrosamente por la pierna a mitad del corredor y hube de simular un fuerte ataque de tos para poderme agachar y volverlo a poner discretamente en su lugar. ¡Qué instante inolvidable sin embargo cuando pude introducirlo en el infierno de mi habitación! ¡Solo por fin y sin embargo nunca más completamente solo!

»Usted se imaginará sin duda que no perdí ni un instante antes de coger el libro, contemplarlo, leerlo. ¡Nada de eso! Quería antes que nada agotar el placer de tenerlo, el placer deliciosamente contenido de adivinar qué clase de libro sería aquel que había robado, el placer dulcemente enervante de imaginarme cómo debía de ser. De letra bien pequeña, de renglones apretados, con mucha letra y un sinnúmero de hojas bien finas para poder leer más tiempo. Y además quería también que fuese una obra que exigiese de mí un gran esfuerzo intelectual; que no fuese nada superficial ni fácil de leer, que se pudiera estudiar, aprender de memoria, poesía, y a ser posible, qué temeridad, Goethe u Homero. Pero al final ya no pude contener mi ansiedad ni mi curiosidad por más tiempo. Tendido en la cama para que el guardián no pudiese sorprenderme si abría de improviso la puerta, saqué con manos temblorosas el libro de entre mis ropas.

»La primera ojeada me reparó un desengaño, por no decir una amarga decepción: aquel libro conseguido a costa de tan gran riesgo, que tan ardientes esperanzas había despertado en mí, no era otra cosa que un repertorio de partidas de ajedrez, una colección de ciento cincuenta partidas de maestros famosos. Si no hubiese estado encerrado a cal y canto habría tirado el libro por la ventana en un acceso de furia... ¡Para qué me iba a servir un libro tan estúpido! Cierto que cuando iba al instituto había probado en alguna ocasión a jugar una partida, más que nada para matar el aburrimiento, como la mayor parte de mis compañeros. Pero ¿qué diablos hacer con aquel engendro teórico? No se puede jugar al ajedrez sin un contrincante y menos aún sin piezas ni tablero. De mal humor me puse a hojear el libro, con la esperanza de encontrar algo que pudiera leerse, una introducción, unas instrucciones... ¡Nada! No había otra cosa que los diagramas cuadrados de las partidas acompañados de unos signos que yo no entendía... $a2$-$a3$, $cf1$-$g3$. Y otros parecidos.

»Todo aquello se me antojaba una especie de álgebra. Pero poco a poco fui comprobando que las letras a, b, c correspondían a las columnas, y las cifras 1, 2, 3..., hasta 8, a las filas, y que combinadas permitían establecer la posición de cada pieza en el transcurso de la partida. Aquellos signos, los diagramas, puramente gráficos, adquirían por lo menos un significado. Pensé que tal vez podría construirme en mi celda una especie de tablero para reconstruir aquellas partidas; por una feliz ironía del destino la colcha de mi cama estaba estampada con una cuadrícula basta, y plegándola de manera adecuada pude obtener los sesenta y cuatro escaques. A continuación escondí el libro debajo del colchón y arranqué la primera hoja. Después empecé a modelar las piezas con miga de pan que apartaba de mi ración. Conseguí así tener los reyes, las reinas, los caballos y las demás figuras, aunque, como es natural, ridículamente imperfectas. Tras grandes esfuerzos pude emprender la reconstrucción sobre la colcha cuadriculada de las posiciones que me marcaba el manual. No conseguía, sin embargo, reconstruir la partida, pues mis ridículas figuras se confundían, al no haber podido formar las negras sino añadiendo polvo a la miga de pan. Durante los primeros días me confundía continuamente; tuve que empezar aquella primera partida cinco, diez, quince veces... Pero, por otra parte, ¿quién en este mundo podía disponer de más tiempo inútil y desaprovechado que yo, el esclavo de la nada? ¿Quién podía disponer de la insaciable avidez, de la inconmensurable paciencia que me imponía mi condición? Al cabo de seis días podía ya jugar aquella partida entera sin equivocarme; una semana más tarde ya no necesitaba las migas de pan para fijar las posiciones de las piezas que indicaba el manual, y al cabo de otra semana podía ya prescindir incluso de la colcha. Los signos de aquel libro, a_1, a_2, c_7, c_8, que me habían parecido tan abstractos al principio, se transformaban ahora automáticamente en mi cerebro en las imágenes plásticas y visibles de las posiciones que representaban. La transposición era completa: había interiorizado la imagen del tablero y de las piezas y me bastaba con mirar las fórmulas del libro para plasmar en mi mente la posición correspondiente, del mismo modo, quizás, que un músico experto puede oír el acorde de unas voces con una simple ojeada a la partitura. Dos semanas más tarde era capaz de jugar de memoria (o, para emplear el término técnico, "a ciegas") y sin ningún esfuerzo todas las partidas del libro. Sólo entonces empecé a comprender hasta qué punto había resultado provechoso haberme atrevido a robar aquel libro. Tenía ahora de pronto una ocupación, estéril y absurda si usted quiere, pero era una ocupación que aniquilaba la nada a mi alrededor; con aquellas ciento cincuenta partidas tenía en mi poder un arma maravillosa contra la opresiva monotonía del tiempo y del espacio. Para conservar intacto el encanto de mi ocupación, a partir de aquel momento distribuí las horas del día: dos partidas por la mañana, dos más después de comer y por la tarde una breve revisión de las partidas anteriores. Con eso había dado ya al día un contenido, ya no se dilataba como una masa de gelatina inconsistente; estaba ocupado, pero no me cansaba, ya que el ajedrez posee la maravillosa cualidad de no fatigar la mente. Como toda la energía del pensamiento se concentra en un campo estrictamente delimitado, ni la más intensa actividad mental llega a cansarla, sino al contrario, consigue aumentar su ligereza y vivacidad. Poco a poco se me fue despertando una inclinación hacia aquel juego de la inteligencia, fui considerando como una obra de arte aquellas partidas que al principio me limitaba a reproducir mecánicamente. Aprendí a reconocer los matices, sutilezas y astucias de la defensa y del ataque; fui comprendiendo las técnicas, la anticipación, la combinación, la réplica... Pronto fui también capaz de reconocer el toque personal de cada uno de los grandes maestros en la manera de llevar el juego, con tanta seguridad como se puede identificar a un poeta sólo con leer tres o cuatro de sus versos. Lo que había empezado como un simple pasatiempo se convirtió en un placer, y las figuras de los grandes estrategas del ajedrez, Allekhin, Lasker, Bogollubov, Tartakover, se convirtieron en amables pobladores de mi soledad. Una variación infinita animaba ahora diariamente la sordidez de mi celda, y la regularidad de mis ejercicios fue devolviendo a mis facultades intelectuales su socavada seguridad; sentía cómo la perpetua disciplina a la que ahora se veía sometida mi mente le había devuelto la agudeza y la prontitud. Fue sobre todo en los interrogatorios en donde más se notó que ahora podía concentrarme mejor y pensar con más claridad. Sin darme cuenta, el ajedrez había aumentado mi capacidad de defensa contra las falsas amenazas y los argumentos capciosos. A partir de aquel momento ya no volví a flaquear en los interrogatorios, e incluso me pareció que los de la Gestapo empezaban a mirarme con cierto respeto. Quizás, al ver que todos los demás se iban hundiendo, se preguntaban tácitamente de qué fuente secreta surgía aquella ilimitada capacidad de resistencia.

»Aquel periodo de felicidad, durante el que pude repasar día tras día las ciento cincuenta partidas del libro, duró entre dos meses y medio y tres meses. Después llegué inopinadamente a un punto muerto. Volvía a encontrarme de pronto ante la nada; después de haber jugado cada partida veinte o treinta veces se había disipado ya el encanto de la novedad, de la sorpresa, se había agotado su poder de seducción, sus efectos estimulantes. ¿Qué sentido tenía repetir una y otra vez unas partidas que hacía tiempo que me sabía ya de memoria jugada por jugada? Apenas iniciada la apertura, se desencadenaba interiormente todo el proceso de manera automática; no había ya ninguna sorpresa, ni interés, ni problema. Para mantenerme ocupado, para procurarme una distracción y un ejercicio mental de los que ya no podía prescindir, habría necesitado de un segundo volumen con nuevas partidas. Pero como aquello era absolutamente imposible, sólo me quedaba un camino en aquel extraño laberinto: había de inventarme nuevas partidas para sustituir a las antiguas. Había de procurar jugar conmigo mismo, o mejor aún, contra mí mismo.

»Yo no sé si usted se habrá parado alguna vez a pensar en la disposición mental con que se aborda este juego de juegos. Por poco que haya pensado usted en ello habrá comprobado, sin embargo, que en el ajedrez, al ser un puro juego del pensamiento desligado por completo del azar, es lógicamente un absurdo querer jugar contra uno mismo. Al fin y al cabo, el único encanto del ajedrez reside precisamente en el despliegue diferente de una estrategia en dos cerebros, en el hecho de que no sepan las negras cuál será la maniobra correspondiente de las blancas en esta guerra del intelecto, en tener que adivinarlo e interponerse, y para las blancas, el adelantarse a las secretas intenciones de las negras y contrarrestarlas. Si una misma persona juega con las blancas y con las negras, se produce entonces una situación incongruente, en donde un mismo cerebro ha de saber y al mismo tiempo no saber, ha de ser capaz de olvidar completamente cuando juega con las negras lo que quería y pretendía cinco minutos antes cuando jugaba con las blancas. Un doble pensamiento como éste presupone en realidad una escisión absoluta de la consciencia, una capacidad de enfocar y desenfocar el cerebro como si fuese un aparato mecánico; querer jugar contra uno mismo representa, en definitiva, una paradoja tan grande en ajedrez como querer saltar sobre la propia sombra.

»Bien, resumiendo, esta imposibilidad, este absurdo, lo puse en práctica en mi desesperación durante meses enteros. Pero es que no me quedaba otra elección que esta incongruencia si no quería sucumbir a la más pura locura o hundirme en un marasmo espiritual irremisible. Me vi obligado, debido a mi terrible situación, a intentar al menos asumir esta escisión interna en un yo negro y un yo blanco, para no dejarme aplastar por la nada cruel que me rodeaba.

El señor B. reclinó la cabeza en el respaldo de la tumbona y por unos instantes permaneció con los ojos cerrados. Era como si quisiera reprimir violentamente un recuerdo inoportuno. De nuevo se le dibujó en la comisura izquierda aquella singular contracción que no era capaz de dominar. Después se incorporó un poco en el asiento.

—Bien, hasta este punto espero habérselo explicado todo de manera suficientemente comprensible. Pero por desgracia estoy lejos de tener la certeza de poder expresar el resto con la misma claridad. Esta nueva ocupación exigía una concentración tan absoluta, que resultaba imposible conservar al mismo tiempo el autocontrol. Ya le he dicho que en mi opinión no tiene ningún sentido querer jugar al ajedrez contra uno mismo; pero incluso este absurdo podría llegar a tener una mínima verosimilitud si se dispusiera de un tablero real, ya que el tablero siempre procuraría con su realidad inmediata cierta distancia, permitiría una ubicación material. Ante un tablero real, con piezas reales, es posible introducir pausas para reflexionar, se puede uno colocar aunque sea corporalmente a un lado o a otro de la mesa, y así contemplar la situación ya desde el punto de vista de las negras, ya desde el de las blancas. Condenado sin embargo, como yo estaba, a proyectar en un espacio imaginario aquellos combates contra mí mismo, o si usted prefiere conmigo mismo, no tenía más remedio que retener claramente en mi mente la posición de cada pieza en los sesenta y cuatro escaques. Y no sólo eso: a partir de su constelación momentánea tenía que poder calcular por adelantado las posibilidades de movimiento de los dos contrincantes en las jugadas siguientes, y todo eso, ya sé que suena muy absurdo, tenía que pensarlo por partida doble o triple, no, qué digo, seis veces, ocho, doce para cada uno de mis dos juegos, para las blancas y para las negras, y con cuatro o cinco jugadas de antelación. Este juego situado en el espacio abstracto de la fantasía me obligaba a prever, y perdone usted que insista en hacerle imaginar semejante absurdo, hasta cuatro o cinco movimientos por adelantado como jugador de blancas, y otros tantos como jugador de negras; es decir, en cierto modo, había de meditar las combinaciones que pudieran presentarse en el transcurso de la partida con dos cerebros diferentes, con el cerebro para las blancas y con el cerebro para las negras. Con todo, esta fractura interior no era aún la faceta más peligrosa de mi abstruso experimento, sino que, teniendo que imaginar yo solo las partidas, acabé por perder pie y precipitarme en un abismo sin fondo. Cuando me dedicaba simplemente a reproducir las partidas magistrales, como había hecho durante las semanas anteriores, no pasaba al fin y al cabo de ser una acción meramente repetitiva, una pura recapitulación de un tema prefijado y, en consecuencia, no mucho más difícil que si me hubiera aprendido de memoria poemas o párrafos de alguna ley; se trataba de una actividad disciplinada y con unos límites claros, y por tanto de un magnífico ejercicio mental. Las dos partidas que jugaba por la mañana y las dos de la tarde constituían una tarea bien determinada que podía realizar sin poner en tensión mi mente; eran para mí el sustituto de una ocupación mental, y aparte de eso, cuando en el curso de una partida me equivocaba o perdía el hilo, siempre podía recurrir al libro. Pero si esta actividad era tan saludable, e incluso tranquilizadora para mis nervios puestos a prueba, era justamente porque la simple ejecución de partidas jugadas por otros no me obligaba a mí a entrar en el juego; me era indiferente que ganaran las blancas o las negras; eran Allekhin o Bogollubov los que se disputaban la palma de campeón, y mi persona, mi intelecto, mi alma, se limitaban a disfrutar como espectadores expertos de las peripecias y la belleza de las partidas. En cambio, a partir del momento en que intenté ponerme a jugar contra mí mismo, empecé simultáneamente a desafiarme. Cada uno de mis dos yoes, mi yo blanco y mi yo negro, querían emularse, y los dos, independientemente, fueron presa de la ambición, de la impaciencia por vencer, por ganar; espiaba febrilmente en tanto que yo negro cada movimiento que se dispusiera a realizar mi yo blanco. Cada uno de mis dos yoes se regocijaba cuando el otro cometía un error, y se enojaba al mismo tiempo por la propia ineptitud.

»Todo esto parece no tener sentido, y de hecho una esquizofrenia artificial como aquélla, una escisión semejante de la conciencia, con sus peligrosos accesos de nervios, sería impensable en una persona normal en una situación normal. Pero no olvide que yo había sido arrancado violentamente del mundo de la normalidad. Era un recluso sin culpa, sometido desde hacía meses al martirio refinado de la soledad, un hombre que hacía tiempo que estaba buscando sobre qué descargar su cólera largamente acumulada. Y como no disponía de nada más que de aquel insensato juego contra mí mismo, mi cólera, mi afán de venganza, se abalanzaron fanáticamente sobre él. Algo en mi interior clamaba justicia, y dentro de mí no disponía de nadie para pelearme excepto de mi otro yo. De este modo, a lo largo del juego iba apoderándose de mí una excitación casi paroxística. Al principio todavía me detenía a pensar tranquilamente, meditaba, hacía pausas entre partida y partida para reponerme del esfuerzo; pero poco a poco mis nervios alterados acabaron rehusando cualquier espera. Apenas mi yo blanco había movido una pieza, ya mi yo negro se lanzaba febrilmente al ataque; apenas acabada una partida, ya me estaba desafiando a la siguiente, porque cada vez uno de los dos yoes en que me había dividido para jugar al ajedrez era vencido por el otro y pedía el desquite. Nunca seré capaz de expresar ni de manera aproximada cuántas partidas contra mí mismo llegué a jugar durante los últimos meses de cautiverio en mi celda, sumido en aquel insaciable extravío. Tal vez mil, o más. Me sentía como poseído y no podía hacer nada por evitarlo; de la mañana a la noche no hacía otra cosa que pensar en alfiles y peones y torres y reyes, y *a* y *b* y *c*, y en el mate y en el enroque; me volcaba en cuerpo y alma sobre la cuadrícula del ajedrez. Pasé del gusto por el juego a la fruición del juego, y de ahí a la obsesión, al frenesí, a la furia frenética; ya no sólo me robaba las horas de vigilia, el juego acabó también por apoderarse de mi sueño. Sólo podía pensar en el ajedrez, jugadas de ajedrez, problemas de ajedrez. A veces me despertaba con la frente sudorosa y me daba cuenta de que seguramente había continuado jugando mientras dormía, y cuando soñaba con personas, éstas se movían exclusivamente como las piezas de ajedrez, como peones, torres o caballos que saltaban hacia delante y hacia atrás. Incluso cuando me llevaban al interrogatorio era incapaz de pensar ya claramente en mi responsabilidad. Tengo la impresión de que en las últimas sesiones debí de expresarme de forma bastante confusa, porque los interrogadores me miraban de cuando en cuando con expresión de extrañeza. En realidad, mientras ellos preguntaban y deliberaban, yo no hacía más que esperar, con una expectación malsana, la hora en que sería de nuevo conducido a la celda para poder reanudar el juego, mi juego insensato, una partida, y otra, y otra. Cualquier interrupción me molestaba; incluso el cuarto de hora que el guardián dedicaba a la limpieza de la habitación, o los dos minutos cuando me traía la comida, eran una tortura para mi febril impaciencia. A veces, por la noche, la bandeja de la comida estaba aún intacta: absorto en el juego, me había olvidado de comer. La única sensación corporal que experimentaba era una sed terrible; probablemente era la fiebre que me producía el pensar y jugar sin tregua. Me bebía la botella entera en un par de tragos, y a pesar de que aturdía al guardián pidiéndole continuamente que me trajera más, en un momento volvía a tener ya la boca seca. Al final, mi excitación mientras jugaba, y no hacía otra cosa que jugar desde la mañana hasta la noche, llegó a un grado tal que ya no era capaz de estar un momento sentado; iba sin parar de acá para allá mientras pensaba las partidas, de acá para allá y cada vez más deprisa, y cada vez más acalorado a medida que se acercaba el desenlace de la partida. El afán de ganar, de vencer, de vencerme a mí mismo, se iba convirtiendo gradualmente en una especie de furia, me ponía a temblar de impaciencia, ya que siempre uno de mis dos yoes era demasiado lento para el otro. Uno de los dos fustigaba al otro, y por ridículo que pueda parecerle, empecé a increparme: "¡Más deprisa!, ¡más deprisa!", me decía; o bien: "¡Adelante, adelante!", cuando uno de ellos no replicaba con la suficiente presteza. Como es natural, hoy soy perfectamente consciente de que aquel estado en el que me encontraba había llegado a constituir una forma claramente patológica de sobreestimulación, para la que no sabría encontrar mejor nombre que el de "intoxicación por ajedrez". Al final, aquella monomanía empezó a atacar ya no tan sólo a mi cerebro, sino también a mi cuerpo. Adelgacé, dormía poco y mal, cuando me despertaba me costaba un gran esfuerzo despegar unos párpados que me pesaban como si fueran de plomo; a veces me sentía tan débil que apenas podía acercar el vaso a los labios, de tanto como me temblaban las manos. Pero apenas empezaba el juego, se apoderaba de mí una fuerza salvaje: corría arriba y abajo con los puños cerrados, y como a través de una niebla roja oía a veces mi propia voz gritándome a mí mismo: «¡jaque!» o «¡jaque mate!», en un tono ronco y malhumorado.

»Ni yo mismo sería capaz de explicarle cómo entró en crisis este estado terrible, esta situación indescriptible. Sólo sé que una mañana me desperté y ese despertar fue diferente de todos los demás. Mi cuerpo se había desprendido completamente de mí; era un reposo suave y feliz. Un cansancio espeso y bueno, como no lo había conocido desde hacía meses, pesaba sobre mis párpados, tan cálido y reparador que al principio no era capaz de decidirme a abrir los ojos. Hacía unos cuantos minutos que estaba despierto y seguía todavía disfrutando de aquel pesado sopor, de aquel placer de estar tendido con los sentidos deliciosamente adormecidos. De pronto me pareció oír voces detrás de mí, voces de personas vivas, que hablaban con palabras, y no puede usted llegar a imaginarse mi asombro, porque hacía meses, casi un año, que no había oído otras palabras que las duras, agrias y afiladas de los inquisidores. "Estás soñando", me dije. "¡Sueñas…! No abras los ojos. Deja que dure este sueño, que si no, volverás a ver la maldita celda a tu alrededor, el sillón y el aguamanil, la mesa y el empapelado con sus líneas siempre iguales. ¡Sueñas…! Sigue soñando."

»Pero la curiosidad pudo más. Poco a poco y con mucha prudencia fui abriendo los ojos. Y, ¡oh maravilla…!, me hallaba en una habitación diferente, una habitación más amplia, más espaciosa que la celda del hotel. Una ventana sin reja dejaba pasar libremente la luz, y unos árboles verdes mecidos por el viento ocupaban el lugar de mi impenetrable pared. Sobre mí el techo era alto y blanco, y las paredes relucían también, blancas y lisas: era cierto, me encontraba en otra cama, una cama desconocida, y no era un sueño, detrás de mí se oía la voz de personas que hablaban en voz baja. Seguramente la sorpresa hizo que me moviese bruscamente, porque oí unos pasos que se aproximaban. Una mujer se acercó con movimientos suaves, una mujer con una cofia blanca, una enfermera.

»Era como un espejismo: hacía un año que no había visto a una mujer. Permanecí con los ojos clavados en aquella visión celestial, y debió de ser una mirada salvaje, ensimismada, ya que ella se apresuró a tranquilizarme. Yo, sin embargo, sólo me fijaba en su voz, aquella voz que me decía: "¡Cálmese...! ¡Esté tranquilo...!" ¿No era por ventura la voz de una persona? ¿Acaso quedaba todavía alguien en el mundo que no me tomase declaración, que no me torturase? Y además, por un prodigio inexplicable, una voz de mujer, suave, cálida, casi afectuosa. Clavé mis ojos en su boca con avidez, ya que durante aquel año de infierno se me había hecho imposible creer que una persona pudiera hablar a otra con bondad. Me sonreía, sí, me sonreía. Todavía existía gente capaz de sonreír bondadosamente... Y después puso el dedo sobre los labios en señal de silencio y se alejó de nuevo sin hacer ruido. De todas maneras, me fue imposible obedecerla. No había podido saciarme todavía de aquella maravilla. Intenté incorporarme en la cama para seguir mirándola mientras se alejaba, para seguir contemplando aquel prodigio: una persona bondadosa. Pero cuando quise apoyarme en el borde de la cama no pude. En el lugar en donde había estado mi mano derecha, los dedos y el puño, sentía ahora un gran bulto blanco y grueso, que no podía ser otra cosa que un vendaje voluminoso. Me quedé mirando con sorpresa aquella cosa blanca, gruesa, extraña, en mi mano; primero no entendí nada, después, poco a poco, fui dándome cuenta de dónde me encontraba, y empecé a reflexionar sobre lo que debía de haberme ocurrido. Seguramente me habían herido, o yo mismo me había lastimado la mano. Me hallaba en un hospital.

»A mediodía vino el médico, un señor de avanzada edad y muy amable. Conocía el nombre de mi familia, y habló con tanto respeto de mi tío, el médico de cabecera del emperador, que enseguida tuve la sensación de que me quería bien. A lo largo de la conversación me hizo toda clase de preguntas, y sobre todo una que me sorprendió: si era yo matemático o químico. Le respondí que no.

»—Es curioso—dijo en voz baja—. Mientras deliraba gritaba usted unas fórmulas bien extrañas: c_3, c_4... No sabíamos de qué se trataba.

»Le pregunté qué me había ocurrido. Sonrió de forma singular.

»—Nada grave. Un desequilibrio nervioso agudo.

»Y después de mirar con cautela a derecha e izquierda añadió en voz más baja:

»—Después de todo, nada más lógico. Desde el trece de marzo, ¿no es verdad?

»Asentí.

»—No me extraña, con esos métodos—murmuró—. Usted no es el primero. Pero no se preocupe.

»Por la manera en que lo dijo, en voz baja y tranquilizadora, y por su mirada benévola, comprendí que con él estaba seguro.

»Dos días más tarde el bondadoso doctor me contó con bastante franqueza lo que me había sucedido. El guardián me había oído gritar muy fuerte en mi celda. Al principio creyó que había entrado alguien y que nos estábamos peleando, pero en cuanto pudo asomar la cabeza por la puerta, me abalancé sobre él y le increpé con insultos salvajes, del tipo: "¡Mueve de una vez, estúpido cobarde!" Intenté agarrarlo por el cuello y lo ataqué con tanta furia que tuvo que pedir auxilio. Cuando me llevaron al médico, arrastrándome como a un perro rabioso, me había podido desasir de repente, lanzándome contra la ventana y dando un manotazo contra los cristales que me hirió la mano. Aún puede usted reconocer aquí la profunda cicatriz.

»Las primeras noches en el hospital, me dijo, las había pasado delirando, pero ahora, en cambio, mis nervios estaban perfectamente.

»—Claro—añadió en voz baja—que valdrá más que yo eso no se lo cuente a sus señorías, pues de lo contrario son capaces de volver a encerrarle donde estaba. Confíe en mí. Haré todo lo que esté en mi mano.

»No sé cuál es el informe que aquel médico providencial debió de presentar a mis verdugos; en cualquier caso, obtuvo lo que pretendía: mi excarcelación. Es posible que me declarase incapacitado, o quizás es que yo había dejado ya de interesar a la Gestapo, puesto que Hitler había ocupado Bohemia y, con ello, para él el caso de Austria quedaba ya resuelto. Así que tan sólo tuve que firmar mi conformidad para abandonar nuestra patria en el plazo de dos semanas. En estas dos semanas tenía que cumplir con las mil formalidades que hoy se exigen a quien antaño era ciudadano del mundo para salir al extranjero: documentos militares, policíacos, pasaporte, visado, certificado médico... No me quedó tiempo para pensar mucho en lo sucedido.

»Espero que comprenda ahora por qué razón me he comportado con sus amigos de manera tan impropia y probablemente incomprensible. Rondaba casualmente por el salón de fumadores cuando los he visto ante el tablero de ajedrez; un escalofrío de asombro y de terror me ha dejado clavado donde estaba. Había olvidado totalmente que se puede jugar al ajedrez con un tablero de verdad, con piezas de verdad; había olvidado que para jugar a este juego dos personas diferentes de carne y hueso se sientan corpóreamente la una delante de la otra. He necesitado un buen par de minutos para reconocer que lo que estaban haciendo allí aquellos dos jugadores era, en el fondo, el mismo juego que en mi estado de desamparo había estado practicando contra mí mismo durante meses enteros. Las fórmulas cifradas que había utilizado en mis ejercicios frenéticos no eran más que el sucedáneo y el símbolo de aquellas figurillas de hueso. Mi sorpresa al darme cuenta de que aquellos empujoncitos a unas figuras de un tablero eran lo mismo que mis devaneos por los espacios del pensamiento podría compararse a la de un astrónomo que a fuerza de cálculos complicados sobre un papel deduce la existencia de un nuevo planeta, y después lo ve realmente en el cielo, un astro blanco, claro, sustancial. Como magnetizado, me he quedado mirando el tablero y he visto en él mis diagramas, caballo, torre, rey, reina, peón, convertidos en piezas reales, talladas en madera; para tener una visión general de la partida he tenido que volver a corporeizarlas primero involuntariamente a partir de mi universo de cifras abstractas, en aquellas piezas reales que se movían. Poco a poco ha ido venciéndome la curiosidad de observar aquel juego tal como se juega en la realidad, entre dos adversarios de verdad. Y es entonces cuando se ha producido aquel penoso incidente en el que, olvidando la más elemental cortesía, me he inmiscuido en su partida. Pero es que aquel falso movimiento de su amigo me ha herido como una puñalada en el corazón. Es por puro instinto por lo que le he retenido, un movimiento impulsivo, como quien agarra sin pensar a un niño que se inclina por encima de una barandilla. Sólo mucho más tarde he conseguido darme cuenta de la imperdonable inconveniencia que suponía mi intromisión.

Me apresuré a asegurarle al señor B. que todos nos felicitábamos por aquel azar que nos había permitido conocerle, añadiendo que por mi parte, después de todo lo que me había revelado, me resultaría doblemente interesante poder asistir el día siguiente a aquel torneo improvisado. El señor B. hizo entonces un gesto de desasosiego.

—No, de verdad, no se haga usted demasiadas ilusiones. Para mí no será más que una prueba... Una prueba de si... de si realmente soy o no soy capaz de jugar una partida de ajedrez normal, una partida con un tablero de ajedrez real, con piezas de verdad, y un contrincante de carne y hueso... Porque cada vez pongo más en duda si los centenares, o tal vez miles, de partidas que jugué eran realmente partidas de ajedrez conformes a las reglas del juego, y no una especie de ajedrez soñado, de ajedrez de delirio, un juego de la fiebre en el que, como siempre ocurre en los sueños, se salta uno las fases intermedias. Supongo que usted no espera en serio de mí que tenga la pretensión de medir mis fuerzas con un campeón de ajedrez, y mucho menos aún con el número uno mundial. Lo único que me interesa y me intriga es saber de una vez por todas si lo de la celda era todavía ajedrez o ya locura, si me encontraba entonces a pocos pasos del abismo fatal o ya en otro lado: sólo eso, nada más que eso.

Del otro lado del barco nos llegó en aquel momento el sonido del gong que llamaba a la cena. Debíamos de haber estado unas dos horas charlando, pues el relato del señor B. había sido mucho más detallado que mi resumen. Le agradecí su confianza y me despedí de él. Pero aún no había abandonado la cubierta, cuando advertí que había venido corriendo detrás de mí. Con un nerviosismo que le hacía tartamudear, añadió:

—Otra cosa quería decirle. No querría que después pudieran reprocharme el no haberlo dicho antes: hágame el favor de avisar a esos señores que tan sólo jugaré una partida… Será el punto final de una vieja historia… No el comienzo de una nueva. No querría volver a ser víctima de la fiebre del juego, de esa pasión que no puedo evocar sin un escalofrío de horror… Y por otra parte… por otra parte el médico me advirtió… me lo advirtió expresamente. Todo el que ha sido víctima de una manía puede recaer en ella en cualquier momento, y habiendo sufrido una intoxicación de ajedrez, aunque esté ya curado, valdrá más que no me acerque a un tablero... Usted ya me entiende... Jugaré tan sólo esta última partida de comprobación y ninguna más.

Al día siguiente, a la hora convenida, a las tres en punto, nos hallábamos todos reunidos en el salón de fumadores. Se habían sumado al grupo dos oficiales de a bordo aficionados al ajedrez que habían pedido permiso para ausentarse del servicio y presenciar el torneo. Czentovic no se hizo esperar esta vez, y una vez elegidos los colores como es de rigor, empezó la memorable partida de aquel *homo obscurissimus* contra el ilustre campeón del mundo. Lamento que tan sólo nosotros, espectadores incompetentes, pudiésemos asistir a ella, y que se perdiese así el desarrollo de la partida para los anales de la ciencia del ajedrez, del mismo modo que se han perdido para la música las improvisaciones de Beethoven al piano. Cierto es que al día siguiente intentamos entre todos reconstruir la partida de memoria, pero no lo conseguimos; probablemente habíamos dispensado nuestra atención apasionada a los jugadores en vez de estar por el juego, ya que el contraste intelectual entre los dos rivales fue plasmándose de manera cada vez más corpórea en el transcurso de la partida. Con sus aires de rutina, Czentovic permaneció sentado durante toda la partida, inmóvil como una roca, con la mirada petrificada sobre el tablero; parecía que para reflexionar tuviera que hacer un esfuerzo del todo físico, un esfuerzo que requería una concentración extrema de todo su organismo. El señor B., por el contrario, se movía con naturalidad y soltura. Como auténtico diletante, en el más bello sentido de la palabra—persona que juega tan sólo por el deleite que le produce jugar—, se mantenía con el cuerpo relajado, comentaba con nosotros las jugadas durante las primeras pausas, se encendía con mano ligera un cigarrillo y miraba tan sólo un minuto el tablero antes de mover. Parecía tener previsto cada movimiento de su adversario.

Los tradicionales movimientos de apertura se sucedieron a un ritmo bastante rápido. Sólo a partir de la séptima u octava jugada pareció desarrollarse sobre el tablero algo parecido a un plan definido. Czentovic iba alargando sus pausas; eso nos dio la clave para comprender que se estaba entablando propiamente la lucha por la supremacía. Aunque, a decir verdad, he de confesar que cuanto más avanzaba la partida, más se apoderaba de nosotros aquella sensación de decepción que produce siempre a los legos una auténtica partida de torneo. A medida que el arabesco dibujado por las piezas sobre el tablero se iba embrollando más y más, nuestra comprensión de la situación también se iba oscureciendo. No llegábamos a adivinar las intenciones de ninguno de los dos adversarios, ni sabíamos dilucidar cuál de ellos llevaba ventaja al otro. Veíamos tan sólo que las piezas intentaban de cuando en cuando introducirse como una cuña para escindir las filas del frente enemigo, pero no acabábamos de discernir el entramado estratégico de todo aquel ir y venir, pues entre jugadores tan experimentados cada movimiento era el resultado de la combinación mental de diferentes jugadas. A nuestra ignorancia se agregaba paulatinamente una fatiga paralizante debida sobre todo a los interminables intervalos de reflexión de Czentovic, pausas que empezaban ahora a irritar también visiblemente a nuestro amigo. Observé con inquietud que, a medida que la partida se iba alargando, comenzaba a agitarse cada vez más inquieto en su asiento, y a encender un cigarrillo tras otro para contener los nervios, y a tomar notas continuamente con el lápiz. Pidió después agua mineral y bebió ávidamente un vaso tras otro. Era evidente que combinaba las jugadas cien veces más deprisa que Czentovic. Cada vez que éste se decidía, después de reflexiones sin fin, a mover una pieza con su tosca mano, nuestro amigo sonreía como si viera realizarse una acción largamente esperada y replicaba moviendo sin dilación. Debía de haber previsto con su mente agilísima todas las posibilidades de su adversario; cuanto más tardaba Czentovic en decidirse, más se impacientaba él, y en sus labios se dibujaba un rictus de contrariedad casi hostil. Pero Czentovic no se dejaba impresionar. Meditaba en silencio, absorto, y cuanto más vacío iba quedando el tablero de figuras, más largas se hacían sus pausas. Habían transcurrido dos horas y tres cuartos desde que había empezado la partida y los rivales habían hecho tan sólo cuarenta y dos movimientos. Estábamos todos sentados en torno a la mesa, cansados y casi ya sin interés por la partida. Uno de los oficiales se había ido y el otro se había puesto a leer un libro y levantaba tan sólo de vez en cuando la vista cuando se producía algún cambio. Pero he aquí que de pronto, cuando le tocaba jugar a Czentovic, sucedió lo inesperado. Apenas el señor B. se dio cuenta de que Czentovic cogía el caballo para hacerlo avanzar, se encogió como un gato antes de saltar. Todo su cuerpo empezó a temblar, y apenas Czentovic hubo acabado de realizar el movimiento con el caballo, adelantó él la reina con gesto seguro y dijo en voz alta y con expresión de triunfo:

—¡Ya está! Asunto liquidado.

Se echó contra el respaldo, cruzó los brazos sobre el pecho y arrojó sobre Czentovic una mirada desafiante. Una luz ardiente iluminaba sus pupilas.

Maquinalmente nos inclinamos todos sobre el tablero para tratar de averiguar en qué consistía aquella maniobra tan triunfalmente anunciada. A primera vista no se advertía ninguna amenaza directa para Czentovic. La exclamación de nuestro amigo debía referirse por tanto a alguna evolución posterior del juego, que nosotros, pobres diletantes miopes, no éramos capaces de calcular. Czentovic era el único de todos nosotros que no había reaccionado ante aquella premonición desafiante; continuaba sentado imperturbable como si no hubiera oído la impertinente exclamación de su contrincante. No ocurrió nada. De repente se dejó oír el tictac del reloj que habían puesto sobre la mesa para controlar el tiempo transcurrido en las jugadas, pues todos habíamos contenido involuntariamente el aliento. Pasaron tres minutos, siete minutos, ocho minutos... Czentovic continuaba inmóvil, pero me pareció como si un esfuerzo interior le dilatara todavía más las ventanas de su gruesa nariz.

Aquella espera silenciosa se hacía insoportable para nuestro amigo y para nosotros mismos. Se levantó de un salto y se puso a caminar arriba y abajo por el salón de fumadores, primero despacio y luego cada vez más deprisa. Todos lo miramos con cierta extrañeza, pero yo advertí alarmado que sus pasos, a pesar de la vehemencia con que se movía, medían siempre el mismo espacio sobre el suelo; era como si tropezara cada vez con una barrera invisible en medio del salón vacío que le obligase a girar en redondo. Reconocí estremecido en aquel ir y venir los límites de su celda de antaño: sí, era exactamente así como durante los meses de su cautiverio debía de haberla recorrido, de acá para allá como una fiera enjaulada entre los barrotes, con las manos igualmente crispadas y los hombros encogidos; así y no de otro modo debía de haber ido y venido mil veces, con la mirada fija y febril, encendida por el relampagueo purpúreo de la locura. Y sin embargo su inteligencia se mantenía intacta, pues de vez en cuando se volvía impaciente hacia la mesa para ver si Czentovic había tomado mientras tanto una decisión. Transcurrieron así nueve o diez minutos. Y al fin ocurrió lo que ninguno de nosotros había esperado. Czentovic levantó pesadamente su lenta mano, que hasta aquel momento había reposado inmóvil sobre la mesa. Todos estábamos pendientes de su decisión. Pero él no movió, sino que con el revés de la mano barrió, con gesto lento pero decidido, todas las piezas del tablero. En un primer momento no lo entendimos: Czentovic daba la partida por perdida. Había capitulado para que no viésemos cómo le daban jaque mate. Había ocurrido lo inverosímil: el campeón del mundo, el vencedor en innumerables torneos, había arriado su bandera ante un desconocido, ante un hombre que no se había acercado a un tablero desde hacía veinte o veinticinco años. ¡Nuestro amigo, anónimo y desconocido, había derrotado abiertamente al mejor jugador del mundo!

Estábamos tan emocionados que sin darnos cuenta nos habíamos ido levantando todos, uno detrás de otro. Cada uno de nosotros tenía la sensación de que era preciso decir o hacer algo para dar libre curso a su alegría y nerviosismo. El único que no se movió fue Czentovic, que continuaba manteniendo su rígida calma. Después de una pausa bien medida levantó la cabeza y dirigió a nuestro amigo una mirada dura.

—¿Otra partida?—preguntó.

—¡Naturalmente!—respondió el señor B. con un entusiasmo que me resultó desagradable.

Se sentó antes de darme tiempo a recordarle su propósito de no jugar más que una sola partida y empezó a colocar las piezas con apresuramiento febril. Con tanta precipitación las colocaba que por dos veces le resbaló un peón de entre los dedos temblorosos, cayéndosele al suelo. El desasosiego que ya había empezado a causarme su nerviosismo tan poco natural fue aumentando hasta convertirse en una especie de angustia. Aquel hombre que antes se había mostrado tan tranquilo y pacífico era presa ahora de una visible exaltación. La contracción de la boca aparecía cada vez con más frecuencia y todo su cuerpo temblaba como sacudido por una fiebre repentina.

—No—le dije en voz baja—. Ahora no es el momento. Déjelo por hoy. Está usted demasiado cansado.

—¿Cansado? ¡Qué va!—respondió con una risotada estridente y maligna—. ¡Diecisiete partidas habría podido jugar en vez de pasearme estúpidamente! Lo único que me cansa jugando a este ritmo es el esfuerzo que he de hacer para no dormirme. ¡Vamos! ¡Empiece de una vez!

Estas últimas palabras se las había dirigido a Czentovic en tono violento, casi grosero. Éste lo miró con tranquilidad y aplomo, pero su mirada tenía la dureza de un puño cerrado. Entre los dos jugadores había surgido un nuevo elemento: un odio apasionado que los mantenía en un estado de peligrosa tensión. Ya no se trataba de dos rivales que quisieran medir en el juego sus propias fuerzas, eran ahora dos enemigos que se habían jurado aniquilarse mutuamente.

Czentovic tardó bastante en abrir el juego, y yo tuve la clara sensación de que lo hacía adrede, había comprendido que era justamente con su lentitud con lo que más cansaba e irritaba a su rival. Así que empleó no menos de cuatro minutos para la más normal y sencilla de todas las aperturas, haciendo avanzar dos casillas al peón del rey como es habitual. Nuestro amigo le salió enseguida al encuentro con el peón de su rey, pero Czentovic volvió a hacer una pausa sin fin, casi insoportable; era como cuando cae un rayo terrible y uno espera con el corazón palpitante que llegue el trueno, y el trueno no acaba nunca de llegar. Czentovic no se inmutaba. Volvía a reflexionar lentamente y en silencio, y yo cada vez estaba más convencido de que su lentitud era el fruto de un cálculo malévolo; su demora me daba tiempo, sin embargo, para observar minuciosamente al señor B. Acababa de beberse de un trago el tercer vaso de agua; sin querer me puse a pensar en lo que me había contado de su sed ardiente en la celda. Iban apareciendo claramente todos los síntomas de una excitación anormal; la frente se le humedecía, y la cicatriz de la mano se le volvía más roja y marcada. Pero todavía se dominaba. Sólo cuando Czentovic volvió a tomarse un tiempo infinito para la cuarta jugada, perdió el control y estalló:

—Pero ¿quiere usted hacer el favor de jugar de una vez?

Czentovic levantó fríamente la vista.

—Si no recuerdo mal hemos estipulado diez minutos para cada jugada. Tengo por principio no jugar con un tiempo más corto.

El señor B. se mordió los labios; yo notaba cómo la suela de su zapato rozaba rítmicamente el suelo en un balanceo cada vez más impaciente y me iba poniendo nervioso yo mismo sin poderlo evitar, ya que estaba prácticamente seguro de que en su interior se estaba desencadenando algún proceso irracional. Y en efecto, a la octava jugada se produjo un nuevo incidente. El señor B., que cada vez se dominaba menos durante aquellas esperas, no pudo contenerse por más tiempo: empezó a removerse en su asiento y a tamborilear con los dedos sobre la mesa. De nuevo levantó Czentovic su pesada cabeza de aldeano.

—¿Podría rogarle que dejara de tamborilear con los dedos? Me molesta. No puedo jugar de esta manera.

—Sí, sí...—dijo el señor B. con una media sonrisa—. A la vista está.

La frente de Czentovic enrojeció.

—¿Qué quiere decir con eso?—inquirió secamente.

El señor B. volvió a soltar una risita breve y sarcástica.

—Nada. Tan sólo que parece estar usted muy nervioso.

Czentovic bajó la cabeza y permaneció en silencio.

Dejó transcurrir siete minutos antes de volver a mover, y la partida continuó arrastrándose a aquel ritmo insoportable. Czentovic parecía cada vez más petrificado; acabó utilizando íntegramente los diez minutos de pausa convenidos antes de decidir cualquier jugada. El comportamiento de nuestro amigo se iba volviendo cada vez más extraño. Parecía como si se hubiera olvidado completamente de la partida para dedicarse a otra cosa. Había dejado de pasearse de acá para allá y permanecía sentado e inmóvil. Murmuraba sin parar palabras ininteligibles, con la mirada fija y perdida en el vacío, como de loco; o bien se había extraviado en un laberinto de posibles combinaciones o bien estaba imaginando otras partidas irreales—y eso era lo que yo en el fondo sospechaba—, pues temíamos devolverle a la realidad cada vez que Czentovic se decidía finalmente a jugar y volvía a ser su turno.

No necesitaba más de un minuto para volver a hacerse cargo de la situación. A mí me asaltaba cada vez más la sospecha de que hacía rato que se había olvidado ya tanto de Czentovic como de nosotros, y que era víctima de un acceso de demencia fría que podría entrar en crisis en cualquier momento convertida en cualquier forma de violencia. Y así ocurrió de hecho a la decimonovena jugada. Apenas Czentovic había movido su pieza, cuando el señor B. empujó precipitadamente su alfil tres casillas hacia delante sin ni siquiera mirar al tablero y gritó con voz tan fuerte que todos nos sobresaltamos:

—¡Jaque! ¡Jaque al rey!

Todos miramos el tablero imaginando una jugada extraordinaria. Pero nadie hubiera podido imaginar que ocurriera lo que ocurrió al cabo de un minuto. Czentovic alzó la cabeza con extrema lentitud y nos miró a todos uno por uno, cosa que no había hecho nunca. Parecía disfrutar sobremanera con la situación, ya que una sonrisa de satisfacción, claramente sarcástica, se fue dibujando en sus labios. Tan sólo cuando hubo saboreado plenamente aquel triunfo—un triunfo que nos resultaba todavía incomprensible—se dirigió a nosotros con fingida cortesía:

—Lo siento... pero no veo que haya jaque. ¿Acaso alguno de los presentes ve que mi rey esté en jaque?

Miramos hacia el tablero y a continuación, intranquilos, al señor B. La casilla en la que se encontraba el rey de Czentovic estaba efectivamente protegida del alfil por un peón, hasta un niño habría podido darse cuenta, y por lo tanto era imposible que existiera ningún jaque al rey. La inquietud se apoderó de nosotros. ¿Podía ser que nuestro amigo, en su aturdimiento, hubiese movido mal alguna pieza, llevándola una casilla demasiado lejos o demasiado cerca? Alertado por nuestro silencio, también el señor B. miró el tablero y empezó a balbucear de un modo penoso:

—¡Pero si es que al rey le toca estar en $f7$...! No es ahí donde tiene que estar, ni de lejos... ¡Usted ha movido mal! Todo está fuera de sitio, en este tablero..., el peón tendría que estar en $g5$ y no en $g4$..., esto es de otra partida..., esto es...

Se detuvo bruscamente. Yo le había agarrado del brazo fuertemente, o mejor dicho, le había pellizcado el brazo con tanta fuerza que hasta en su febril confusión debió de darse cuenta. Se volvió hacia mí y me miró con ojos de sonámbulo.

—¿Qué... qué quiere usted?

Yo le dije únicamente: «*Remember!*», mientras señalaba con el dedo la cicatriz de su mano. Siguió automáticamente ese movimiento, con los ojos vidriosos fijos en aquella línea roja como la sangre. Después empezó a temblar y un escalofrío recorrió su cuerpo.

—Por el amor del cielo—murmuró con los labios lívidos—. ¿He dicho o hecho acaso algún disparate? ¿Estoy finalmente otra vez...?

—No—le dije en voz baja—. Pero ya es hora de que deje de jugar. Todavía está a tiempo. Recuerde lo que le dijo el médico...

El señor B. se levantó de un salto.

—Le ruego que me perdone por mi estúpido error...—dijo en su tono cortés habitual inclinándose ante Czentovic—. Todo lo que acabo de decir es un puro desatino. Es usted desde luego el ganador de la partida.

Después se volvió hacia nosotros.

—También los señores deberán disculparme, aunque yo ya les había advertido que no depositaran en mí muchas esperanzas. Disculpen este lamentable incidente. Ésta ha sido la última vez que intento jugar al ajedrez.

Hizo una reverencia y se alejó de la misma manera discreta y enigmática que había aparecido la primera vez. De todos nosotros sólo yo conocía los motivos que alejarían para siempre a aquel hombre de los tableros, mientras los demás se quedaban un poco perplejos, con la vaga sensación de haber escapado por poco de algo desagradable y peligroso.

—*Damned fool*—rezongó McConnor decepcionado.

El último en levantarse de su asiento fue Czentovic, quien echó todavía una última ojeada a la partida sin terminar.

—Lástima—dijo, magnánimo—. La disposición del ataque no estaba nada mal. Para ser un diletante, este señor poseía realmente un talento bien poco común.

ESTA REIMPRESIÓN, VIGÉSIMA,
DE «NOVELA DE AJEDREZ», DE STEFAN
ZWEIG, SE TERMINÓ DE IMPRIMIR
EN CAPELLADES EN EL
MES DE SEPTIEMBRE
DEL AÑO
2023